GASTON LEROUX

LE FANTÔME DE L'OPÉRA

** LE MYSTÈRE DES TRAPPES

Prix :
3 fr. **50**

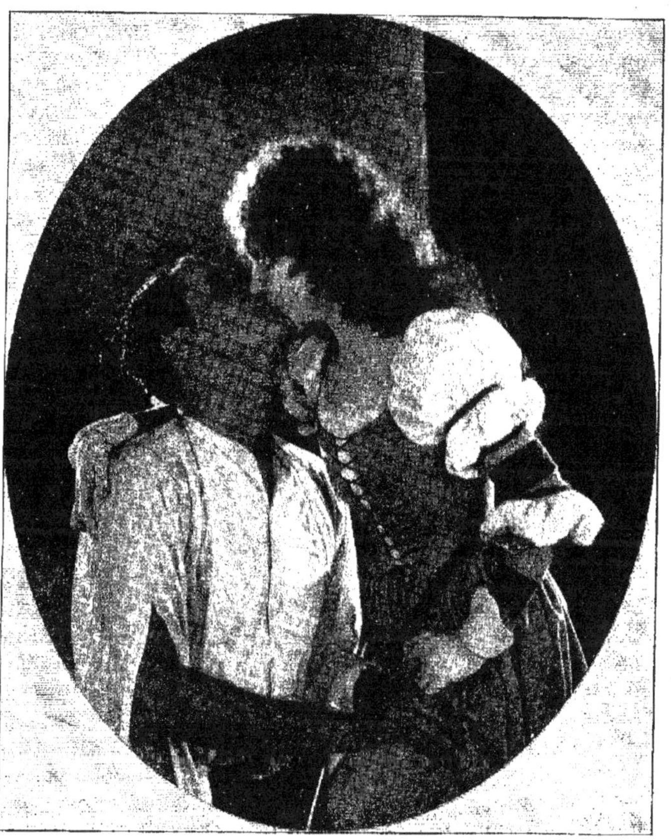

SOCIÉTÉ D'ÉDITIONS ET DE PUBLICATIONS
—— 75, rue Dareau, PARIS (xive) ——

On ignorait tout de ce personnage, une fois qu'on avait dit de lui qu'il était un Persan.

Le Fantôme de l'Opéra. — 2—1.

LE FANTÔME DE L'OPÉRA

★ ★

LE MYSTÈRE DES TRAPPES

GASTON LEROUX

LE FANTÔME de l'OPÉRA

ROMAN

abondamment illustré par les photographies
de l'Universal Film

★ ★

LE MYSTÈRE DES TRAPPES

SOCIÉTÉ D'ÉDITIONS ET DE PUBLICATIONS
75, Rue Dareau, PARIS (XIVe)

LE FANTÔME DE L'OPÉRA

DEUXIÈME PARTIE

LE MYSTÈRE DES TRAPPES

I

UN COUP DE MAITRE DE L'AMATEUR DE TRAPPES

Raoul et Christine coururent, coururent. Maintenant, ils fuyaient le toit où il y avait les yeux de braise que l'on n'aperçoit que dans la nuit profonde ; et ils ne s'arrêtèrent qu'au huitième étage en descendant vers la terre. Ce soir-là il n'y avait pas représentation, et les couloirs de l'Opéra étaient déserts.

Soudain une silhouette bizarre se dressa devant les jeunes gens, leur barrant le chemin :

« Non ! pas par ici ! »

Et la silhouette leur indiqua un autre couloir par lequel ils devaient gagner les coulisses.

Raoul voulait s'arrêter, demander des explications.

« Allez ! allez vite !... commanda cette forme vague, dissimulée dans une sorte de houppelande et coiffée d'un bonnet pointu. »

Christine entraînait déjà Raoul, le forçait à courir encore :

« Mais qui est-ce ? Mais qui est-ce, celui-ci ? demandait le jeune homme. »

Et Christine répondait :

« C'est *Le Persan !*...

— Qu'est-ce qu'il fait là...

— On n'en sait rien !... Il est toujours dans l'Opéra !

— Ce que vous me faites faire là est lâche, Christine, dit Raoul, qui était fort ému. Vous me faites fuir, c'est la première fois de ma vie.

— Bah ! répondit Christine, qui commençait à se calmer, je crois bien que nous avons fui l'ombre de notre imagination !

— Si vraiment nous avons aperçu Erik j'aurais dû le clouer sur la lyre d'Apollon, comme on cloue la chouette sur les murs dans nos fermes bretonnes, et il n'en aurait plus été question.

— Mon bon Raoul, il vous aurait fallu monter d'abord jusqu'à la lyre d'Apollon ; ce n'est pas une ascension facile.

— Les yeux de braise y étaient bien.

— Eh ! vous voila maintenant comme moi, prêt à le voir partout, mais on réfléchit après et l'on se dit : ce que j'ai pris pour les yeux de braise n'étaient sans doute que les clous d'or de deux étoiles qui regardaient la ville à travers les cordes de la lyre. »

Et Christine descendit encore un étage. Raoul suivait. Il dit :

« Puisque vous êtes tout à fait décidée à partir, Christine, je vous assure encore qu'il vaudrait mieux fuir tout de suite. Pourquoi attendre demain ? Il nous a peut-être entendus ce soir !...

— Mais non ! mais non ! Il travaille, je vous le répète à son *Don Juan triomphant*, et il ne s'occupe pas de nous.

— Vous en êtes si peu sûre que vous ne cessez de regarder derrière vous.

— Allons dans ma loge.

— Prenons plutôt rendez-vous hors de l'Opéra.

— Jamais, jusqu'à la minute de notre fuite ! Cela nous porterait malheur de ne point tenir ma parole. Je lui ai promis de ne nous voir qu'ici.

— C'est encore heureux pour moi qu'il vous ait encore permis cela. Savez-vous, fit amèrement Raoul, que vous avez été tout à fait audacieuse en nous permettant le jeu des fiançailles.

— Mais, mon cher, il est au courant. Il m'a dit : « J'ai confiance en vous, Christine. M. Raoul de Chagny est amoureux de vous et doit partir. Avant de partir, qu'il soit aussi malheureux que moi !... »

— Et qu'est-ce que cela signifie, s'il vous plaît ?

— C'est moi qui devrais vous le demander, mon ami. On est donc malheureux, quand on aime ?

— Oui, Christine, quand on aime et quand on n'est point sûr d'être aimé.

— C'est pour Erik que vous dites cela ?

— Pour Erik et pour moi, fit le jeune homme en secouant la tête d'un air pensif et désolé. »

Ils arrivèrent à la loge de Christine.

« Comment vous croyez-vous plus en sûreté dans cette loge que dans le théâtre ? demanda Raoul. Puisque vous l'entendiez à travers les murs, il peut nous entendre.

— Non ! Il m'a donné sa parole de n'être plus derrière les murs de ma loge et je crois à la parole d'Erik. Ma loge et ma chambre, dans *l'appartement du lac*, sont à moi, exclusivement à moi, et sacrées pour lui.

— Comment avez-vous pu quitter cette loge pour être transportée dans le couloir obscur, Christine ? Si nous essayions de répéter vos gestes, voulez-vous ?

— C'est dangereux, mon ami, car la glace pourrait encore m'emporter et, au lieu de fuir, je serais obligée d'aller au bout du passage secret qui conduit aux rives du lac et là d'appeler Erik.

— Il vous entendrait ?

— Partout où j'appellerai Erik, partout Erik m'entendra... C'est lui qui me l'a dit, c'est un très curieux génie. Il ne faut pas croire, Raoul, que c'est simplement un homme qui s'est amusé à habiter sous la terre. Il fait des choses qu'aucun autre homme ne pourrait faire ; il sait des choses que le monde vivant ignore.

— Prenez garde, Christine, vous allez en refaire un fantôme.

— Non, ce n'est pas un fantôme ; c'est un homme du ciel et de la terre, voilà tout.

— Un homme du ciel et de la terre... voilà tout !... Comme vous en parlez !... Et vous êtes décidée toujours à le fuir ?

— Oui, demain.

— Voulez-vous que je vous dise pourquoi je voudrais vous voir fuir ce soir ?

— Dites, mon ami.

— Parce que, demain, vous ne serez plus décidée à rien du tout !

— Alors, Raoul, vous m'emporterez malgré moi !... n'est-ce pas entendu ?

— Ici donc, demain soir ! à minuit je serai dans votre loge, fit le jeune homme d'un air sombre ; quoi qu'il arrive, je tiendrai ma promesse. Vous dites qu'après avoir assisté à la représentation, il doit vous attendre dans *la salle à manger du Lac ?*

— C'est en effet là qu'il m'a donné rendez-vous.

— Et comment deviez-vous vous rendre chez lui, Christine, si vous ne savez pas sortir de votre loge « par la glace » ?

— Mais en me rendant directement sur le bord du lac.

— A travers tous les dessous ? Par les escaliers et les couloirs où passent les machinistes et les gens de service ? Comment auriez-vous conservé le secret d'une pareille démarche ? Tout le monde aurait suivi Christine Daaé et elle serait arrivée avec une foule sur les bords du lac. »

Christine sortit d'un coffret une énorme clef et la montra à Raoul.

« C'est la clef de la grille du souterrain de la rue Scribe.

— Je comprends, Christine. Il conduit directement au lac. Donnez-moi cette clef, voulez-vous ?

— Jamais ! répondit-elle avec énergie. Ce serait une trahison ! »

Soudain, Raoul vit Christine changer de couleur. Une pâleur mortelle se répandit sur ses traits.

« Oh ! mon Dieu ! s'écria-t-elle... Erik ! Erik ! ayez pitié de moi !

— Taisez-vous ! ordonna le jeune homme... Ne m'avez-vous pas dit qu'il pouvait vous entendre ?

Mais l'attitude de la chanteuse devenait de plus en plus inexplicable. Elle se glissait les doigts les uns sur les autres, en répétant d'un air égaré :

« Oh ! mon Dieu ! Oh ! mon Dieu !

— Mais, qu'y a-t-il ? implora Raoul.

— L'anneau.

— Quoi l'anneau ? Je vous en prie, Christine, revenez à vous !

— L'anneau d'or qu'il m'avait donné...

— Ah ! c'est Erik qui vous avait donné l'anneau d'or ?

— Vous le savez bien, Raoul ! Mais ce que vous ne savez pas, c'est ce qu'il m'a dit en me le donnant : « Je vous rends votre liberté, Christine, mais c'est à la condition que cet anneau sera toujours à votre doigt. Tant que vous le garderez, vous serez préservée de tout danger et Erik restera votre ami. Mais si vous vous en séparez jamais, malheur à vous, Christine, car Erik se vengera !... » Mon ami, mon ami ! L'anneau n'est plus à mon doigt !... malheur sur nous ! »

C'est en vain qu'ils cherchèrent l'anneau autour d'eux. Ils ne le retrouvèrent point. La jeune fille ne se calmait pas.

« C'est pendant que je vous ai accordé ce baiser, là-haut, sous la lyre d'Apollon, tenta-t-elle d'expliquer en tremblant ; l'anneau aura glissé de mon doigt et aura glissé sur la ville ! Comment le retrouver maintenant ? Et de quel malheur, Raoul, sommes-nous menacés ! Ah ! fuir ! fuir !

— Fuir tout de suite, » insista une fois encore Raoul.

Elle hésita. Il crut qu'elle allait dire oui... Et puis ses claires prunelles se troublèrent et elle dit : « Non ! Demain ! »

Et elle le quitta précipitamment, dans un désarroi complet, continuant à se glisser les doigts les uns sur les autres, sans doute dans l'espérance que l'anneau allait réapparaître comme cela.

Quant à Raoul, il rentra chez lui, très préoccupé de tout ce qu'il avait entendu.

« Si je ne la sauve point des mains de ce charlatan, dit-il, tout haut dans sa chambre, en se couchant, elle est perdue ; mais je la sauverai ! »

Il éteignit sa lampe, et il éprouva dans les ténèbres le besoin d'injurier Erik. Il cria par trois fois à haute voix : « Charlatan !... Charlatan !... Charlatan !... »

Mais, tout à coup, il se leva sur un coude ; une sueur froide lui coula aux tempes. Deux yeux, brûlants comme des brasiers, venaient de s'allumer au pied de son lit. Ils le regardaient fixement, terriblement, dans la nuit noire.

Raoul était brave, et cependant il tremblait. Il avança la main, tâtonnante, hésitante, incertaine, sur la table de nuit. Ayant trouvé la boîte d'allumettes, il fit de la lumière. Les yeux disparurent.

Il pensa, nullement rassuré :

« Elle m'a dit que *ses* yeux ne se voyaient que dans l'obscurité. Ses yeux ont disparu avec la lumière, mais *lui*, il est peut-être encore là. »

Et il se leva, chercha, fit prudemment le tour des choses. Il regarda sous son lit, comme un enfant. Alors, il se trouva ridicule. Il dit tout haut :

« Que croire ? Que ne pas croire avec un pareil conte de fées ? Où finit le réel, où commence le fantastique ? Qu'a-t-elle vu ? Qu'a-t-elle cru voir ? »

Il ajouta, frémissant :

« Et moi-même, qu'ai-je vu ? Ai-je bien vu les yeux de braise tout à l'heure ? N'ont-ils brillé que dans mon imagination ? Voilà que je ne suis plus sûr de rien ! Et je ne prêterais point serment sur ces yeux-là. »

Il se recoucha. De nouveau, il fit l'obscurité. Les yeux réapparurent.

« Oh ! » soupira Raoul.

Dressé sur son séant, il les fixait à son tour aussi bravement qu'il pouvait. Après un silence qu'il occupa à ressaisir tout son courage, il cria tout à coup :

« Est-ce toi, Erik ? Homme ! génie ou fantôme ! Est-ce toi ? »

Il réfléchit :

« Si c'est lui... il est sur le balcon ! »

Alors, il courut en chemise, à un petit meuble dans lequel il saisit à tâtons un revolver. Armé, il ouvrit la porte-fenêtre. La nuit était alors extrêmement fraîche. Raoul ne prit que le temps de jeter un coup d'œil sur le balcon désert et il rentra, refermant la porte. Il se recoucha en frissonnant, le revolver sur la table de nuit, à sa portée.

Une fois encore, il souffla la bougie.

Les yeux étaient toujours là, au bout du lit. Etaient-ils entre le lit et la glace de la fenêtre, ou derrière la glace de la fenêtre, c'est-à-dire sur le balcon ?

Voilà ce que Raoul voulait savoir. Il voulait savoir aussi si ces yeux-là appartenaient à un être humain... il voulait tout savoir...

Alors, patiemment, froidement, *sans déranger la nuit qui l'entourait*, le jeune homme reprit son revolver et visa.

Il visa les deux étoiles d'or qui le regardaient toujours avec un si singulier éclat immobile.

Il visa longuement. Certes, si ces étoiles étaient des yeux, et si au-dessus de ces yeux, il y avait un front, et si Raoul n'était point trop maladroit...

La détonation roula avec un fracas terrible dans la paix de la maison endormie... Et pendant que, dans les corridors, des pas se précipitaient, Raoul, sur son séant, le bras tendu, prêt à tirer encore, regardait...

Les deux étoiles, cette fois, avaient disparu.

De la lumière, des gens, le comte Philippe, affreusement anxieux.

« Qu'y a-t-il, Raoul ?

— Il y a que je crois bien que j'ai rêvé, répondit le jeune homme. J'ai tiré sur deux étoiles qui m'empêchaient de dormir.

— Tu divagues ?... Tu es souffrant !... je t'en prie, Raoul, que s'est-il passé ?... et le comte s'empara du revolver.

— Non, non, je ne divague pas !... du reste, nous allons bien savoir...

Il se releva, passa une robe de chambre, chaussa ses pantoufles, prit des mains d'un domestique une lumière, et ouvrant la porte-fenêtre, retourna sur le balcon.

Le comte avait constaté que la fenêtre avait été traversée d'une balle à hauteur d'homme. Raoul était penché sur le balcon avec sa bougie...

« Oh ! oh ! fit-il... du sang !... du sang !... Ici... là... encore du sang ! Tant mieux !... Un fantôme qui saigne... c'est moins dangereux ! ricana-t-il.

— Raoul ! Raoul ! Raoul !

Le comte le secouait comme s'il eût voulu faire sortir un somnambule de son dangereux sommeil.

« Mais, mon frère, je ne dors pas ! protesta Raoul impatienté. Vous pouvez voir ce sang comme tout le monde. J'avais cru rêver et tirer sur deux étoiles. C'étaient les yeux d'Erik... et voici son sang !...

Il ajouta, subitement inquiet :

« Après tout, j'ai peut-être eu tort de tirer, et Christine est bien capable de ne me le point pardonner !... Tout ceci ne serait point arrivé si j'avais eu la précaution de laisser retomber les rideaux de la fenêtre en me couchant.

— Raoul ! es-tu devenu subitement fou ? Réveille-toi !

— Encore ! Vous feriez mieux, mon frère, de m'aider à chercher Erik... car, enfin, un fantôme qui saigne, ça doit pouvoir se retrouver. »

Le valet de chambre du comte dit :

« C'est vrai, monsieur, qu'il y a du sang sur le balcon. »

Un domestique apporta une lampe à la lueur de laquelle on put examiner toutes choses. La trace du sang suivait la rampe du balcon et allait rejoindre une gouttière et la trace de sang remontait le long de la gouttière.

« Mon ami, dit le comte Philippe, tu as tiré sur un chat.

— Le malheur ! fit Raoul avec un nouveau ricanement, qui sonna douloureusement aux oreilles du comte, est que c'est bien possible. Avec Erik, on ne sait jamais ! Est-ce Erik ? Est-ce le chat ? Est-ce le fantôme ? Est-ce de la chair ou de l'ombre ? Non ! non ! Avec Erik, on ne sait jamais ! »

Raoul commençait à tenir cette sorte de propos bizarres qui répondaient si intimement et si logiquement aux préoccupations de son esprit et qui faisaient si bien suite aux confidences étranges, à la fois réelles et d'apparences surnaturelles, de Christine Daaé ; et ces propos ne contribuèrent point peu à persuader à beaucoup que le cerveau du jeune homme était dérangé. Le comte lui-même y fut pris et plus tard le juge d'instruction, sur le rapport du commissaire de police, n'eut point de peine à conclure.

« Qui est Erik ? demanda le comte en pressant la main de son frère.

— C'est mon rival ! et s'il n'est pas mort, tant pis ! »

D'un geste il chassa les domestiques.

La porte de la chambre se referma sur les deux Chagny. Mais les gens ne s'éloignèrent point si vite que le valet de chambre du comte n'entendît Raoul prononcer distinctement et avec force :

« Ce soir ! j'enlèverai Christine Daaé. »

Cette phrase fut répétée par la suite au juge d'instruction Faure. Mais on ne sut jamais exactement ce qui se dit entre les deux frères pendant cette entrevue.

Les domestiques racontèrent que ce n'était point cette nuit-là la première querelle qui les faisait s'enfermer.

A travers les murs on entendait des cris, et il était toujours question d'une comédienne qui s'appelait Christine Daaé.

Au déjeuner — au petit déjeuner du matin, que le comte prenait dans son cabinet de travail, Philippe donna l'ordre que l'on allât prier son frère de le venir rejoindre. Raoul arriva, sombre et muet. La scène fut très courte.

LE COMTE. — Lis ceci !

(*Philippe tend à son frère un journal* : l'Époque. *Du doigt, il lui désigne l'écho suivant.*)

LE VICOMTE, *du bout des lèvres, lisant.* — « Une grande nouvelle au faubourg : il y a promesse de mariage entre Mlle Christine Daaé, artiste lyrique, et M. le vicomte Raoul de Chagny. S'il faut en croire les potins de coulisses, le comte Philippe aurait juré que pour la première fois les Chagny ne tiendraient point leur promesse. Comme l'amour, à l'Opéra plus qu'ailleurs, est tout-puissant, on se demande de quels moyens peut bien disposer le comte Philippe pour empêcher le vicomte, son frère, de conduire à l'autel la *Marguerite nouvelle*. On

dit que les deux frères s'adorent, mais le comte s'abuse étrangement s'il espère que l'amour fraternel le cédera à l'amour tout court ! »

LE COMTE, *triste.* — Tu vois, Raoul, tu nous rends ridicules !... Cette petite t'a complètement tourné la tête avec ses histoires de revenant.

(*Le vicomte avait donc rapporté le récit de Christine à son frère.*)

LE VICOMTE. — Adieu, mon frère !

LE COMTE. — C'est bien entendu ? Tu pars ce soir ? (*Le vicomte ne répond pas.*) ... avec elle ? Tu ne feras pas une pareille bêtise ? (*Silence du vicomte.*) Je saurai bien t'en empêcher !

LE COMTE. — Adieu, mon frère !

(*Il s'en va.*)

Cette scène a été racontée au juge d'instruction par le comte lui-même, qui ne devait plus revoir son frère Raoul que le soir même, à l'Opéra, quelques minutes avant la disparition de Christine.

Toute la journée en effet fut consacrée par Raoul aux préparatifs d'enlèvement.

Les chevaux, la voiture, le cocher, les provisions, les bagages, l'argent nécessaire, l'itinéraire, — on ne devait pas prendre le chemin de fer pour dérouter le fantôme, — tout cela l'occupa jusqu'à neuf heures du soir.

A neuf heures, une sorte de berline dont les rideaux étaient tirés sur les portières hermétiquement closes vint prendre la file du côté de la Rotonde. Elle était attelée à deux vigoureux chevaux et conduite par un cocher dont il était difficile de distinguer la figure, tant celle-ci était emmitouflée dans les longs plis d'un cache-nez. Devant cette berline se trouvait trois voitures. L'instruction établit plus tard que c'étaient les coupés de la Carlotta, revenue soudain à Paris, de la Sorelli, et en tête, du comte Philippe de Chagny. De la berline, nul ne descendit. Le cocher resta sur son siège. Les trois autres cochers étaient restés également sur le leur.

Une ombre, enveloppée d'un grand manteau noir, et coiffée d'un chapeau de feutre mou noir, passa sur le trottoir entre la Rotonde et les équipages. Elle semblait considérer plus attentivement la berline. Elle s'approcha des chevaux, puis du cocher, puis l'ombre s'éloigna sans avoir prononcé un mot. L'instruction crut plus tard que cette ombre était celle du vicomte Raoul de Chagny ; quant à moi, je ne le crois pas, attendu que ce soir-là comme les autres soirs, le vicomte de Chagny avait un chapeau haute forme qu'on a, du reste, retrouvé. Je pense plutôt que cette ombre était celle du fantôme qui était au courant de tout, comme on va le voir tout de suite.

On jouait *Faust*, comme par hasard. La salle était des plus brillantes. Le faubourg était magnifiquement représenté. A cette époque, les abonnés ne cédaient point, ne louaient ni ne sous-louaient, ni ne partageaient leurs loges avec la finance ou le commerce ou l'étranger. Aujourd'hui, dans la loge du marquis un tel qui conserve toujours ce titre : loge du marquis un tel, puisque le marquis en est, de par contrat, titulaire, dans cette loge, disons-nous, se prélasse tel marchand de porc salé et sa famille, — ce qui est le droit du marchand de porc puisqu'il paie la loge du marquis. — Autrefois, ces mœurs étaient à peu près inconnues. Les loges d'Opéra étaient des salons où l'on était à peu près sûr de rencontrer ou de voir des gens du monde qui, quelquefois, aimaient la musique.

Toute cette belle compagnie se connaissait, sans pour cela se fréquenter nécessairement. Mais on mettait tous les noms sur les visages et la physionomie du comte de Chagny n'était ignorée de personne.

L'écho paru le matin dans l'*Epoque* avait dû déjà produire son petit effet, car tous les yeux étaient tournés vers la loge où le comte Philippe, d'apparence fort indifférente et de mine insouciante, se trouvait tout seul. L'élément féminin de cette éclatante assemblée paraissait singulièrement intrigué et l'absence du vicomte donnait lieu à cent chuchotements derrière les éventails. Christine Daaé fut accueillie assez froidement. Ce public spécial ne lui pardonnait point d'avoir regardé si haut.

La diva se rendit compte de la mauvaise disposition d'une partie de la salle, et en fut troublée.

Les habitués, qui se prétendaient au courant des amours du vicomte, ne se privèrent pas de sourire à certains passages du rôle de Marguerite. C'est ainsi qu'ils se retournèrent ostensiblement vers la loge de Philippe de Chagny quand Christine chanta la phrase : « Je voudrais bien savoir quel est ce jeune homme, si c'est un grand seigneur et comment il se nomme. »

Le menton appuyé sur sa main, le comte ne semblait point prendre garde à ces manifestations. Il fixait la scène ; mais la regardait-il ? Il paraissait loin de tout...

De plus en plus, Christine perdait toute assurance. Elle tremblait. Elle allait à une catastrophe... Carolus Fonta se demanda si elle n'était pas souffrante, si elle pourrait tenir en scène jusqu'à la fin de l'acte qui était celui du jardin. Dans la salle, on se rappelait le malheur arrivé, à la fin de cet acte, à la Carlotta, et le « couac » historique qui avait momentanément suspendu sa carrière à Paris.

Justement, la Carlotta fit alors son entrée dans une loge de face, entrée sensationnelle. La pauvre Christine leva les yeux vers ce nouveau sujet d'émoi. Elle reconnut sa rivale. Elle crut la voir ricaner. Ceci la sauva. Elle oublia tout, pour, une fois de plus, triompher.

A partir de ce moment, elle chanta de toute son âme. Elle essaya de surpasser tout ce qu'elle avait fait jusqu'alors et elle y parvint. Au dernier acte, quand elle commença d'invoquer les anges et de se soulever de terre, elle entraîna dans une nouvelle envolée toute la salle frémissante, et chacun put croire qu'il avait des ailes.

A cet appel surhumain, au centre de l'amphithéâtre, un homme s'était levé et restait debout, face à l'actrice, comme si d'un même mouvement il quittait la terre... C'était Raoul.

> Anges purs ! Anges radieux !
> Anges purs ! Anges radieux !

Et Christine, les bras tendus, la gorge embrasée, enveloppée dans la gloire de sa chevelure dénouée sur ses épaules nues, jetait la clameur divine :

> Portez mon âme au sein des cieux !...

C'est alors que, tout à coup, une brusque obscurité se fit sur le théâtre. Cela fut si rapide que les spectateurs eurent à peine le temps de pousser un cri de stupeur, car la lumière éclaira la scène à nouveau.

... Mais Christine Daaé n'y était plus !... Qu'était-elle devenue ?... Quel était ce miracle ?...

Chacun se regardait sans comprendre et l'émotion fut tout de suite à son comble. L'émoi n'était pas moindre sur le plateau et dans la salle.

Des coulisses on se précipitait vers l'endroit où, à l'instant même, Christine chantait. Le spectacle était interrompu au milieu du plus grand désordre.

Où donc ? où donc était passée Christine ? Quel sortilège l'avait ravie à des milliers de spectateurs enthousiastes et dans les bras mêmes de Carolus Fonta ? En vérité, on pouvait se demander si, exauçant sa prière enflammée, les anges ne l'avaient point réellement emportée « au sein des cieux » corps et âme ?..

Raoul, toujours debout à l'amphithéâtre, avait poussé un cri. Le comte Philippe s'était dressé dans sa loge. On regardait la scène, on regardait le comte, on regardait Raoul, et l'on se demandait si ce curieux événement n'avait point affaire avec l'écho paru le matin même dans un journal. Mais Raoul quitta hâtivement sa place, le comte disparut de sa loge, et, pendant que l'on baissait le rideau, les abonnés se précipitèrent vers l'entrée des coulisses. Le public attendait une annonce dans un brouhaha indescriptible. Tout le monde parlait à la fois. Chacun prétendait expliquer comment les choses s'étaient passées. Les uns disaient : « Elle est tombée dans une trappe » ; les autres : « Elle a été enlevée dans les frises ; la malheureuse est peut-être victime d'un nouveau truc inauguré par la nouvelle direction » ; d'autres encore : C'est un guet-apens. La coïncidence de la disparition et de l'obscurité le prouve suffisamment. »

Enfin, le rideau se leva lentement, et Carolus Fonta, s'avançant jusqu'au pupitre du chef d'orchestre, annonça d'une voix grave et triste : « Mesdames et messieurs, un événement inouï et qui nous laisse dans une profonde inquiétude vient de se produire. Notre camarade, Christine Daaé, a disparu sous nos yeux sans que l'on puisse savoir comment ! »

II

SINGULIÈRE ATTITUDE D'UNE ÉPINGLE DE NOURRICE

Sur le plateau, c'est une cohue sans nom. Artistes, machinistes, danseuses, marcheuses, figurantes, choristes, abonnés, tout le monde interroge, crie, se bouscule. — « Qu'est-elle devenue ? » — « Elle s'est fait enlever ! » — « C'est le vicomte de Chagny qui l'a emportée ! » — « Non, c'est le comte ! » — « Ah ! voilà Carlotta ! c'est Carlotta qui a fait le coup ! » — « Non ! c'est le fantôme ! »

Et quelques-uns rient, surtout depuis que l'examen attentif des trappes et planchers a fait repousser l'idée d'un accident.

Dans cette foule bruyante, on remarque un groupe de trois personnages qui s'entretiennent à voix basse avec des gestes désespérés. C'est Gabriel, le maître de chant ; Mercier, l'administrateur, et le secrétaire Rémy. Ils se sont retirés dans l'angle d'un tambour qui fait communiquer la scène avec le large couloir du foyer de la danse. Là, derrière d'énormes accessoires, ils parlementent :

« J'ai frappé ! Ils n'ont pas répondu ! Ils ne sont peut-être plus dans le bureau. En tout cas, il est impossible de le savoir, car ils ont emporté les clefs. »

Ainsi s'exprime le secrétaire Rémy et il n'est point douteux qu'il ne désigne par ces paroles MM. les directeurs. Ceux-ci ont donné l'ordre au dernier entr'acte de ne venir les déranger sous aucun prétexte. « Ils n'y sont pour personne. »

« Tout de même, s'exclame Gabriel... on n'enlève pas une chanteuse, en pleine scène tous les jours !..

— Leur avez-vous crié cela ? interroge Mercier.

— J'y retourne », fait Rémy, et, courant, il disparaît.

Là-dessus, le régisseur arrive.

« Eh bien ! monsieur Mercier, venez-vous ? Que faites-vous ici tous les deux ? On a besoin de vous, monsieur l'administrateur.

— Je ne veux rien faire ni rien savoir avant l'arrivée du commissaire, déclare Mercier ! J'ai envoyé chercher Mifroid. Nous verrons quand il sera là !

— Et moi je vous dis qu'il faut descendre tout de suite au jeu d'orgue.

— Pas avant l'arrivée du commissaire...

— Moi, j'y suis déjà descendu au jeu d'orgue.

— Ah ! qu'est-ce que vous avez vu ?

— Eh bien ! je n'ai vu personne ! Entendez-vous bien, personne !

— Qu'est-ce que vous voulez que j'y fasse ?

— Evidemment, réplique le régisseur, qui se passe avec frénésie les mains dans une toison rebelle. Evidemment ! Mais peut-être que s'il y avait quelqu'un au jeu d'orgue, ce quelqu'un pourrait nous expliquer comment l'obscurité a été faite tout à coup sur la scène. Or, Mauclair n'est nulle part, comprenez-vous ? »

Mauclair était le chef d'éclairage qui dispensait à volonté sur la scène de l'Opéra, le jour et la nuit.

« Mauclair n'est nulle part, répète Mercier ébranlé. Eh bien ! et ses aides ?

— Ni Mauclair, ni ses aides ! Personne à l'éclairage, je vous dis ! Vous pensez bien, hurle le régisseur, que cette petite ne s'est pas enlevée toute seule ! Il y avait là « un coup monté » qu'il faut savoir... Et les directeurs qui ne sont pas là ?... J'ai défendu qu'on descende à l'éclairage, j'ai mis un pompier devant la niche du jeu d'orgue ! J'ai pas bien fait ?

— Si, si, vous avez bien fait... Et maintenant attendons le commissaire. »

Le régisseur s'éloigne en haussant les épaules, rageur, mâchant des injures à l'adresse de ces « poules mouillées » qui restent tranquillement blotties dans un coin quand tout le théâtre est « sens dessus dessous ».

Tranquilles, Gabriel et Mercier ne l'étaient guère. Seulement, ils avaient reçu une consigne qui les paralysait. On ne devait déranger les directeurs pour aucune raison au monde.

Rémy avait enfreint cette consigne et cela ne lui avait point réussi.

Justement le voici qui revient de sa nouvelle expédition. Sa mine est curieusement effarée.

« Eh bien ! vous leur avez parlé ? » interroge Mercier.

Rémy répond :

« Moncharmin a fini par m'ouvrir la porte. Les yeux lui sortaient de la tête. J'ai cru qu'il allait me frapper. Je n'ai pas pu placer un mot, et savez-vous ce qu'il m'a crié ? « Avez-vous une épingle de nourrice ? » — Non ! — « Eh bien ! fichez-moi la paix !... » Je veux lui répliquer qu'il se passe au théâtre un événement inouï... Il clame : « Une épingle de nourrice ? Donnez-moi tout de suite une épingle de nourrice ! » Un garçon de bureau qui l'avait entendu — il criait comme un sourd — accourut avec une épingle de nourrice, la lui donne et aussitôt, Moncharmin me ferme la porte au nez ! Et voilà !

— Et vous n'avez pas pu lui dire : Christine Daaé...

— Eh ! j'aurais voulu vous y voir !... Il écumait... Il ne pensait qu'à son épingle de nourrice... Je crois que, si on ne la lui avait pas apportée sur-le-champ, il serait tombé d'une attaque ! Certainement, tout ceci n'est pas naturel et nos directeurs sont en train de devenir fous !... »

M. le secrétaire Rémy n'est pas content. Il le fait voir.

« Ça ne peut pas durer comme ça ! Je n'ai pas l'habitude d'être traité de la sorte ! »

Tout à coup Gabriel souffle :

« C'est encore un coup du F. de L'O. »

Rémy ricane. Mercier soupire, semble prêt à lâcher une confidence... mais ayant regardé Gabriel qui lui fait signe de se taire, il reste muet.

Cependant, Mercier, qui sent sa responsabilité grandir au fur et à mesure que les minutes s'écoulent et que les directeurs ne se montrent pas, n'y tient plus :

« Eh ! je cours moi-même les relancer », décide-t-il.

Gabriel, subitement très sombre et très grave, l'arrête.

« Pensez à ce que vous faites, Mercier ! S'ils

restent dans leur bureau, c'est que, peut-être, c'est nécessaire ! *F. de l'O.* a plus d'un tour dans son sac ! »

Mais Mercier secoue la tête.

« Tant pis ! J'y vais ! Si on m'avait écouté, il y aurait beau temps qu'on aurait tout dit à la police ! »

Et il part.

« *Tout* quoi ? demande aussitôt Rémy. Qu'est-ce qu'on aurait dit à la police ? Ah ! vous vous taisez, Gabriel ?... Vous aussi, vous êtes dans la confidence ? Eh bien ! vous ne feriez pas mal de m'y mettre si vous voulez que je ne crie point que vous devenez tous fous !... Oui, fou, en vérité. »

Gabriel roule des yeux stupides et affecte de ne rien comprendre à cette « sortie » inconvenante de M. le secrétaire particulier.

« Quelle confidence ? murmure-t-il. Je ne sais ce que vous voulez dire. »

Rémy s'exaspère.

« Ce soir, Richard et Moncharmin, ici même, dans les entr'actes, avaient des gestes d'aliénés.

— Je n'ai pas remarqué, grogna Gabriel, très ennuyé.

— Vous êtes le seul !... Est-ce que vous croyez que je ne les ai pas vus ?... Et que M. Parabise, le directeur du Crédit Central, ne s'est aperçu de rien ?... Et que M. l'ambassadeur de La Borderie a les yeux dans sa poche ?... Mais, monsieur le maître de chant, tous les abonnés se les montraient du doigt, nos directeurs !

— Qu'est-ce qu'ils ont donc fait, nos directeurs ? demande Gabriel de son air le plus niais.

— Ce qu'ils ont fait ? Mais vous le savez mieux que personne ce qu'ils ont fait !... Vous étiez là !... Et vous étiez les seuls à ne pas rire...

— Je ne comprends pas ! »

Très froid, très « renfermé », Gabriel étend les bras et les laisse retomber, geste qui signifie évidemment qu'il se désintéresse de la question... Rémy continue.

« Qu'est-ce que c'est que cette nouvelle manie ?... *Ils ne veulent plus qu'on les approche maintenant ?*

— Comment ? *Ils ne veulent plus qu'on les approche ?*

— *Ils ne veulent pas qu'on les touche ?*

— Vraiment, vous avez remarqué *qu'ils ne veulent pas qu'on les touche ?* Voilà qui est certainement bizarre !

— Vous l'accordez ! Ce n'est pas trop tôt ! *Et ils marchent à reculons !*

— A reculons ! Vous avez remarqué que nos directeurs *marchent à reculons !* Je croyais qu'il n'y avait que les écrevisses qui marchaient à reculons.

— Ne riez pas, Gabriel ! Ne riez pas !

— Je ne ris pas, proteste Gabriel, qui se manifeste sérieux « comme un pape ».

— Pourriez-vous m'expliquer, je vous prie, Gabriel, vous qui êtes l'ami intime de la direction, pourquoi à l'entr'acte du « jardin », devant le foyer, alors que je m'avançais la main tendue vers M. Richard, j'ai entendu M. Moncharmin me dire précipitamment à voix basse : « Eloignez-vous ! Eloignez-vous ! Surtout ne touchez pas à M. le Directeur ?... » Suis-je un pestiféré ?

— Incroyable !

— Et quelques instants plus tard, quand M. l'ambassadeur de La Borderie s'est dirigé à son tour vers M. Richard, n'avez-vous pas vu M. Moncharmin se jeter entre eux et ne l'avez-vous pas entendu s'écrier : « Monsieur l'ambassadeur, je vous en conjure, ne touchez pas à M. le Directeur ! »

— Effrayant !... Et qu'est-ce que faisait Richard pendant ce temps-là ?

— Ce qu'il faisait ? Vous l'avez bien vu ! Il faisait demi-tour, *saluait devant lui, alors qu'il n'y avait personne devant lui !* et se retirait « à reculons ».

— A reculons ?

— Et Moncharmin, derrière Richard, avait fait, lui aussi, demi-tour, c'est-à-dire qu'il avait accompli derrière Richard un rapide demi-cercle, et lui aussi se retirait « *à reculons* » !... Et ils s'en sont allés comme ça jusqu'à l'escalier de l'administration, à reculons !... à reculons !... Enfin ! s'ils ne sont pas fous, m'expliquerez-vous ce que ça veut dire ?

— Ils répétaient peut-être, indique Gabriel, sans conviction, une figure de ballet ! »

M. le secrétaire Rémy se sent outragé par une aussi vulgaire plaisanterie dans un moment aussi dramatique. Ses yeux se froncent, ses lèvres se pincent. Il se penche à l'oreille de Gabriel.

« Ne faites pas le malin, Gabriel. Il se passe des choses ici dont Mercier et vous pourriez prendre votre part de responsabilité.

— Quoi donc ? interroge Gabriel.

— Christine Daaé n'est point la seule qui ait disparu tout à coup, ce soir.

-- Ah ! bah !

— Il n'y a pas de « ah ! bah ! » Pourriez-vous me dire pourquoi, lorsque la mère Giry est descendue tout à l'heure au foyer, Mercier l'a prise par la main et l'a emmenée dare-dare avec lui ?

— Tiens ! fait Gabriel, je n'ai pas remarqué.

— Vous l'avez si bien remarqué, Gabriel, que vous avez suivi Mercier et la mère Giry, jusqu'au bureau de Mercier. Depuis ce moment, on vous a vus, vous et Mercier, mais on n'a plus revu la mère Giry...

— Croyez-vous donc que nous l'avons mangée ?

— Non ! mais vous l'avez enfermée à double tour dans le bureau, et, quand on passe près de la porte du bureau, savez-vous ce qu'on entend ? On entend ces mots : « Ah ! les bandits ! Ah ! les bandits ! »

A ce moment de cette singulière conversation arrive Mercier, tout essoufflé.

« Voilà ! fait-il d'une voix morne... C'est plus fort que tout !... Je leur ai crié : « C'est très grave ! Ouvrez ! C'est moi, Mercier. » J'ai entendu des pas. La porte s'est ouverte et Moncharmin est apparu. Il était très pâle. Il me demanda : « Qu'est-ce que vous voulez ? » Je lui ai répliqué : « On a enlevé Christine Daaé. » Savez-vous ce qu'il m'a répondu ? « Tant mieux pour elle ! » Et il a refermé la porte en me déposant ceci dans la main. »

Mercier ouvre la main ! Rémy et Gabriel regardent.

« L'épingle de nourrice ! s'écrie Rémy.

— Etrange ! Etrange ! » prononce tout bas Gabriel qui ne peut se retenir de frissonner.

Soudain une voix les fait se retourner tous les trois.

« Pardon, messieurs, pourriez-vous me dire où est Christine Daaé ? »

Malgré la gravité des circonstances, une telle question les eût sans doute fait éclater de rire s'ils n'avaient aperçu une figure si douloureuse qu'ils en eurent pitié tout de suite. C'était le vicomte Raoul de Chagny.

III

« CHRISTINE ! CHRISTINE ! »

La première pensée de Raoul, après la disparition fantastique de Christine Daaé, avait été pour accuser Erik. Il ne doutait plus du pouvoir quasi surnaturel de l'Ange de la musique, dans ce domaine de l'Opéra, où celui-ci avait diaboliquement établi son empire.

Et Raoul s'était rué sur la scène, dans une folie de désespoir et d'amour. « Christine ! Christine ! » gémissait-il, éperdu, l'appelant comme elle devait l'appeler du fond de ce gouffre obscur où le monstre l'avait emportée comme une proie, toute frémissante encore de son exaltation divine, toute vêtue du blanc linceul dans lequel elle s'offrait déjà aux anges du paradis !

« Christine ! Christine ! » répétait Raoul... et il lui semblait entendre les cris de la jeune fille à travers ces planches fragiles qui le séparaient d'elle ! Il se penchait, il écoutait !... il errait sur le plateau comme un insensé. Ah ! descendre ! descendre ! descendre ! dans ce puits de ténèbres dont toutes les issues lui sont fermées !

Ah ! cet obstacle fragile qui glisse à l'ordinaire si facilement sur lui-même pour laisser apercevoir le gouffre où tout son désir tend... ces planches que son pas fait craquer et qui sonnent sous son poids le prodigieux vide des « dessous »... ces planches sont plus qu'immobiles ce soir : elles paraissent immuables... Elles se donnent des airs solides de n'avoir jamais remué... et voilà que les escaliers qui permettent de descendre sous la scène sont interdits à tout le monde !...

« Christine ! Christine !... » On le repousse en

riant... On se moque de lui... On croit qu'il a la cervelle dérangée, le pauvre fiancé !...

Dans quelle course forcenée, parmi les couloirs de nuit et de mystère connus de lui seul, Erik a-t-il entraîné la pure enfant jusqu'à ce repaire affreux de la chambre Louis-Philippe, dont la porte s'ouvre sur ce lac d'Enfer ?... « Christine ! Christine ! » Tu ne réponds pas ! N'as-tu point exhalé ton dernier souffle dans une minute de surhumaine horreur, sous l'haleine embrasée du monstre !

D'affreuses pensées traversent comme de foudroyants éclairs le cerveau congestionné de Raoul.

Evidemment, Erik a dû surprendre leur secret, savoir qu'il était trahi par Christine ! Quelle vengeance va être la sienne !

Que n'oserait l'Ange de la musique, précipité du haut de son orgueil ? Christine entre les bras tout-puissants du monstre est perdue !

Et Raoul pense encore aux étoiles d'or qui sont venues la nuit dernière errer sur son balcon, que ne les a-t-il foudroyées de son arme impuissante !

Certes, il y a des yeux extraordinaires d'homme qui se dilatent dans les ténèbres et brillent comme des étoiles ou comme les yeux de chats. (Certains hommes albinos, qui paraissent avoir des yeux de lapin le jour ont des yeux de chat la nuit, chacun sait cela !)

Oui, oui, c'était bien sur Erik que Raoul avait tiré ! Que ne l'avait-il tué ? Le monstre s'était enfui par la gouttière comme les chats ou les forçats qui — chacun sait encore cela — escaladeraient le ciel à pic, avec l'appui d'une gouttière.

Sans doute Erik méditait alors quelque entreprise décisive contre le jeune homme, mais il avait été blessé, et il s'était sauvé pour se retourner contre la pauvre Christine.

Ainsi pense cruellement le pauvre Raoul en courant à la loge de la chanteuse....

« Christine !... Christine !... » Des larmes amères brûlent les paupières du jeune homme qui aperçoit, épars sur les meubles, les vêtements destinés à vêtir sa belle fiancée à l'heure de leur fuite !... Ah ! que n'a-t-elle voulu partir plus tôt ! Pourquoi avoir tant tardé ?... Pourquoi avoir joué avec la catastrophe menaçante ?... avec le cœur du monstre ?... Pourquoi

avoir voulu, pitié suprême ! jeter en pâture dernière à cette âme de démon, ce chant céleste...

Anges purs ! Anges radieux !
Portez mon âme au sein des cieux !

Raoul, dont la gorge roule des sanglots, des serments et des injures, tâte de ses paumes malhabiles la grande glace qui s'est ouverte un soir devant lui pour laisser Christine descendre au ténébreux séjour. Il appuie, il presse, il tâtonne... mais la glace, il paraît, n'obéit qu'à Erik... Peut-être les gestes sont-ils inutiles avec une glace pareille ?... Peut-être suffirait-il de prononcer certains mots ?... Quand il était tout petit enfant, on lui racontait qu'il y avait des objets qui obéissaient ainsi à la parole !

Tout à coup, Raoul se rappelle... « une grille donnant sur la rue Scribe... Un souterrain montant directement du Lac à la rue Scribe... » Oui, Christine lui a bien parlé de cela !... Et après avoir constaté, hélas ! que la lourde clef n'est plus dans le coffret, il n'en court pas moins à la rue Scribe.

Le voilà dehors, il promène ses mains tremblantes sur les pierres cyclopéennes, il cherche des issues... il rencontre des barreaux... sont-ce ceux-là ?... ou ceux-là ?... ou encore n'est-ce point ce soupirail ?... Il plonge des regards impuissants entre les barreaux... quelle nuit profonde là dedans !... Il écoute !... Quel silence !... Il tourne autour du monument !... Ah ! voici de vastes barreaux ! des grilles prodigieuses !... C'est la porte de la cour de l'administration !

... Raoul court chez la concierge : « Pardon, madame, vous ne pourriez pas m'indiquer une porte grillée, oui, une porte faite de barreaux, de barreaux... de fer... qui donne sur la rue Scribe... et qui conduit au Lac ! Vous savez bien, le Lac ? Oui, le Lac, quoi ! Le lac qui est sous la terre... sous la terre de l'Opéra.

— Monsieur, je sais bien qu'il y a un lac sous l'Opéra, mais je ne sais quelle porte y conduit... je n'y suis jamais allée !...

— Et la rue Scribe, madame ? La rue Scribe ? Y êtes-vous jamais allée dans la rue Scribe ? »

Elle rit ! Elle éclate de rire ! Raoul s'enfuit en mugissant, il bondit, grimpe des escaliers, en descend d'autres, traverse toute l'administration, se retrouve dans la lumière du « plateau ».

Il s'arrête, son cœur bat à se rompre dans sa poitrine haletante : si on avait retrouvé Christine Daaé ? Voici un groupe : il interroge :

« Pardon, messieurs, vous n'avez pas vu Christine Daaé ? »

Et l'on rit.

A la même minute, le plateau gronde d'une rumeur nouvelle, et, dans une foule d'habits noirs qui l'entourent de force mouvements de bras explicatifs, apparaît un homme qui, lui, semble fort calme et montre une mine aimable, toute rose et toute jouflue, encadrée de cheveux frisés, éclairée par deux yeux bleus d'une sérénité merveilleuse. L'administrateur Mercier désigne le nouvel arrivant au vicomte de Chagny en lui disant :

« Voici l'homme, monsieur, à qui il faudra désormais poser votre question. Je vous présente monsieur le commissaire de police Mifroid.

— Ah ! monsieur le vicomte de Chagny ! Enchanté de vous voir, monsieur, fait le commissaire. Si vous voulez prendre la peine de me suivre... Et maintenant où sont les directeurs ?... où sont les directeurs ?... »

Comme l'administrateur se tait, le secrétaire Rémy prend sur lui d'apprendre à M. le commissaire que MM. les directeurs sont enfermés dans leur bureau et qu'ils ne connaissent encore rien de l'événement.

« Est-il possible !... Allons à leur bureau ! »

Et M. Mifroid, suivi d'un cortège toujours grossissant, se dirige vers l'administration. Mercier profite de la cohue pour glisser une clef dans la main de Gabriel :

« Tout cela tourne mal, lui murmure-t-il... Va donc donner de l'air à la mère Giry... »

Et Gabriel s'éloigne.

Bientôt on est arrivé devant la porte directoriale.

C'est en vain que Mercier fait entendre ses objurgations, la porte ne s'ouvre pas.

« Ouvrez au nom de la loi ! » commande la voix claire et un peu inquiète de M. Mifroid.

Enfin la porte s'ouvre. On se précipite dans les bureaux, sur les pas du commissaire.

Raoul est le dernier à entrer. Comme il se dispose à suivre le groupe dans l'appartement, une main se pose sur son épaule et il entend ces mots prononcés à son oreille :

« *Les secrets d'Erik ne regardent personne !* »

Il se retourne en étouffant un cri. La main qui s'était posée sur son épaule est maintenant sur les lèvres d'un personnage au teint d'ébène, aux yeux de jade et coiffé d'un bonnet d'astrakan...

Le Persan !

L'inconnu prolonge le geste qui recommande la discrétion, et dans le moment que le vicomte, stupéfait, va lui demander la raison de sa mystérieuse intervention, il salue et disparaît.

IV

RÉVÉLATIONS ÉTONNANTES DE Mme GIRY, RELATIVES A SES RELATIONS PERSONNELLES AVEC LE FANTÔME DE L'OPÉRA.

Avant de suivre M. le commissaire de police Mifroid chez MM. les directeurs, le lecteur me permettra de l'entretenir de certains événements extraordinaires qui venaient de se dérouler dans ce bureau où le secrétaire Rémy et l'administrateur Mercier avaient enfin tenté de pénétrer, et où MM. Richard et Moncharmin s'étaient si fermétiquement enfermés dans un dessein que le lecteur ignore encore, mais qu'il est de mon devoir historique, je veux dire de mon devoir d'historien, — de ne point lui céler plus longtemps.

J'ai eu l'occasion de dire combien l'humeur de MM. les directeurs s'était désagréablement modifiée depuis quelque temps, et j'ai fait entendre que cette transformation n'avait pas dû avoir pour unique cause la chute du lustre dans les conditions que l'on sait.

Apprenons donc au lecteur, — malgré tout le désir qu'auraient MM. les directeurs qu'un tel événement restât à jamais caché — que le Fantôme était arrivé à toucher tranquillement ses

— Non! pas par ici!... Et le Persan indiqua aux jeunes gens un autre couloir par lequel ils devaient gagner les coulisses.

Une ombre, enveloppée d'un grand manteau noir, passa sur le trottoir entre la Rotonde et les équipages.

2—III.

Universal Film.

Christine, la gorge embrasée, enveloppée dans la gloire de sa chevelure dénouée sur ses épaules, jetait la clameur divine.

Universal Film

— Vous allez voir, tout à l'heure, la glace se soulev r de quelques millimètres et puis se déplacer de gauche à droite...

premiers vingt mille francs. Ah ! il y avait eu des pleurs et des grincements de dents ! La chose, cependant, s'était faite le plus simplement du monde :

Un matin, MM. les directeurs avaient trouvé une enveloppe toute préparée sur leur bureau. Cette enveloppe portait comme suscription : *A Monsieur F. de l'O.* (personnelle) et était accompagnée d'un petit mot de F. de l'O. lui-même : « Le moment d'exécuter les clauses du cahier des charges est venu : vous glisserez vingt billets de mille francs dans cette enveloppe que vous cachèterez de votre propre cachet et vous la remettrez à Mme Giry qui fera le nécessaire. »

MM. les directeurs ne se le firent pas dire deux fois ; sans perdre de temps à se demander encore comment ces missives diaboliques pouvaient parvenir dans un cabinet qu'ils prenaient grand soin de fermer à clef, ils trouvaient l'occasion bonne de mettre la main sur le mystérieux maître chanteur. Et après avoir tout raconté sous le sceau du plus grand secret à Gabriel et à Mercier, ils mirent les vingt mille francs dans l'enveloppe et confièrent celle-ci sans demander d'explications à Mme Giry, réintégrée dans ses fonctions. L'ouvreuse ne marqua aucun étonnement. Je n'ai point besoin de dire si elle fut surveillée ! Du reste, elle se rendit immédiatement dans la loge du fantôme et déposa la précieuse enveloppe sur la tablette de l'appui-main. Les deux directeurs, ainsi que Gabriel et Mercier étaient cachés de telle sorte que cette enveloppe ne fut point par eux perdue de vue une seconde pendant tout le cours de la représentation et même après, car, comme l'enveloppe n'avait pas bougé, ceux qui la surveillaient ne bougèrent pas davantage et le théâtre se vida et Mme Giry s'en alla, cependant que MM. les directeurs, Gabriel et Mercier étaient toujours là. Enfin, ils se lassèrent et l'on ouvrit l'enveloppe, après avoir constaté que les cachets n'en avaient point été rompus.

A première vue, Richard et Moncharmin jugèrent que les billets étaient toujours là, mais à la seconde vue ils s'aperçurent que ce n'étaient plus les mêmes. Les vingt vrais billets étaient partis et avaient été remplacés par vingt billets de la « Sainte Farce » ! Ce fut de la rage et puis aussi de l'effroi !

« C'est plus fort que chez Robert Houdin ! s'écria Gabriel.

— Oui, répliqua Richard, et ça coûte plus cher ! »

Moncharmin voulait qu'on courût chercher le commissaire ; Richard s'y opposa. Il avait sans doute son plan, il dit : « Ne soyons pas ridicules ! tout Paris rirait. F. de l'O. a gagné la première manche, nous remporterons la seconde. » Il pensait évidemment à la mensualité suivante.

Tout de même ils avaient été si parfaitement joués, qu'ils ne purent, pendant les semaines qui suivirent, surmonter un certain accablement. Et c'était, ma foi, bien compréhensible. Si le commissaire ne fut point appelé dès lors, c'est qu'il ne faut pas oublier que MM. les directeurs gardaient tout au fond d'eux-mêmes la pensée qu'une aussi bizarre aventure pouvait n'être qu'une haïssable plaisanterie montée, sans doute, par leurs prédécesseurs et dont il convenait de ne rien divulguer avant d'en connaître « le fin mot ». Cette pensée, d'autre part, se troublait par instants chez Moncharmin d'un soupçon qui lui venait relativement à Richard lui-même, lequel avait quelquefois des imaginations burlesques. Et c'est ainsi que, prêts à toutes les éventualités, ils attendirent les événements en surveillant et en faisant surveiller la mère Giry à laquelle Richard voulut qu'on ne parlât de rien. « Si elle est complice, disait-il, il y a beau temps que les billets sont loin. Mais, pour moi, ce n'est qu'une imbécile ! »

« Il y a beaucoup d'imbéciles dans cette affaire ! avait répliqué Moncharmin songeur.

— Est-ce qu'on pouvait se douter ?... gémit Richard, mais n'aie pas peur... la prochaine fois toutes mes précautions seront prises... »

Et c'est ainsi que la prochaine fois était arrivée... cela tombait le jour même qui devait voir la disparition de Christine Daaé.

Le matin, une missive du Fantôme qui leur rappelait l'échéance. « Faites comme la dernière fois, enseignait aimablement F. de l'O. *Ça s'est très bien passé.* Remettez l'enveloppe, dans laquelle vous aurez glissé les vingt mille francs, à cette excellente Mme Giry. »

Et la note était accompagnée de l'enveloppe coutumière. Il n'y avait plus qu'à la remplir.

Cette opération devait être accomplie le soir même, une demi-heure avant le spectacle. C'est donc une demi-heure environ avant que le rideau se lève sur cette trop fameuse représentation de *Faust* que nous pénétrons dans l'antre directorial.

Richard montre l'enveloppe à Moncharmin, puis il compte devant lui les vingt mille francs et les glisse dans l'enveloppe, mais sans fermer celle-ci.

« Et maintenant, dit-il, appelle-moi la mère Giry. »

On alla chercher la vieille. Elle entra en faisant une belle révérence. La dame avait toujours sa robe de taffetas noir dont la teinte tournait à la rouille et au lilas, et son chapeau aux plumes couleur de suie. Elle semblait de belle humeur. Elle dit tout de suite :

« Bonsoir, messieurs ! C'est sans doute encore pour l'enveloppe ?

— Oui, madame Giry, dit Richard avec une grande amabilité... C'est pour l'enveloppe... Et pour autre chose aussi.

— A votre service, monsieur le directeur, à votre service !... Et quelle est cette autre chose, je vous prie ?

— D'abord, madame Giry, j'aurais une petite question à vous poser.

— Faites, monsieur le directeur, Mame Giry est là pour vous répondre.

— Vous êtes toujours bien avec le fantôme ?

— On ne peut mieux, monsieur le directeur, on ne peut mieux.

— Ah ! vous nous en voyez enchantés... Dites donc, madame Giry, prononça Richard en prenant le ton d'une importante confidence... entre nous, on peut bien vous le dire... Vous n'êtes pas une bête.

— Mais, monsieur le directeur !... s'exclama l'ouvreuse, en arrêtant le balancement aimable des deux plumes noires de son chapeau couleur de suie, je vous prie de croire que ça n'a jamais fait de doute pour personne !

— Nous sommes d'accord et nous allons nous entendre. L'histoire du fantôme est une bonne blague, n'est-ce pas ?... Eh bien ! toujours entre nous... elle a assez duré. »

Mme Giry regarda les directeurs comme s'ils lui avaient parlé chinois. Elle s'approcha du bureau de Richard et fit, assez inquiète :

« Qu'est-ce que vous voulez dire ?... Je ne vous comprends pas !

— Ah ! vous nous comprenez très bien. En tout cas, il faut nous comprendre... Et, d'abord, vous allez nous dire comment il s'appelle.

— Qui donc ?

— Celui dont vous êtes la complice, madame Giry !

— Je suis la complice du fantôme ? Moi ?... La complice de quoi ?

— Vous faites tout ce qu'il veut.

— Oh !... il n'est pas bien encombrant, vous savez.

— Et il vous donne toujours des pourboires !

— Je ne me plains pas !

— Combien vous donne-t-il pour lui porter cette enveloppe ?

— Dix francs.

— Mazette ! Ce n'est pas cher ?

— Pourquoi donc ?

— Je vous dirai cela tout à l'heure, madame Giry. En ce moment, nous voudrions savoir pour quelle raison... extraordinaire... vous vous êtes donnée corps et âme à ce fantôme-là plutôt qu'à un autre... Ça n'est pas pour cent sous ou dix francs qu'on peut avoir l'amitié et le dévouement de Mme Giry.

— Ça, c'est vrai !... Et ma foi, cette raison-là, je peux vous la dire, monsieur le directeur ! Certainement il n'y a pas de déshonneur à ça !... au contraire.

— Nous n'en doutons pas, madame Giry !

— Eh bien, voilà... le fantôme n'aime pas que je raconte ses histoires.

— Ah ! ah ! ricana Richard.

— Mais, celle-là, elle ne regarde que moi !... reprit la vieille... donc, c'était dans la loge n° 5... un soir, j'y trouve une lettre pour moi... une espèce de note écrite à l'encre rouge... C'te note-là, monsieur le directeur, j'aurais pas besoin de vous la lire, je la sais par cœur... et je ne l'oublierai jamais... même si je vivais cent ans !... »

Et Mme Giry, toute droite, récite la lettre avec une éloquence touchante :

« Madame. — 1825, Mlle Ménétrier, coryphée, est devenue marquise de Cussy. — 1832, Mlle Marie Taglioni, danseuse, est faite comtesse Gilbert des Voisins. — 1846, la Sota, danseuse, épouse un frère du roi d'Espagne. —

1847, Lola Montès, danseuse, épouse morganatiquement le roi Louis de Bavière et est créée comtesse de Landsfeld. — 1848, Mlle Maria, danseuse, devient baronne d'Hermeville. — 1870, Thérèse Hessler, danseuse, épouse don Fernando, frère du roi de Portugal... »

Richard et Moncharmin écoutent la vieille, qui, au fur et à mesure qu'elle avance dans la curieuse énumération de ces glorieux hyménées, s'anime, se redresse, prend de l'audace, et finalement, inspirée comme une sibylle sur son trépied, lance d'une voix éclatante d'orgueil la dernière phrase de la lettre prophétique : « 1885. *Meg Giry, impératrice !* »

Epuisée par cet effort suprême, l'ouvreuse retombe sur sa chaise en disant : « Messieurs, ceci était signé : « *Le Fantôme de l'Opéra !* » J'avais déjà entendu parler du fantôme, mais je n'y croyais qu'à moitié. Du jour où il m'a annoncé que ma petite Meg, la chair de ma chair, le fruit de mes entrailles, serait impératrice, j'y ai cru tout à fait. »

En vérité, en vérité, il n'était point besoin de considérer longuement la physionomie exaltée de mame Giry, pour comprendre ce qu'on avait pu obtenir de cette belle intelligence avec ces deux mots : « Fantôme et impératrice. »

Mais qui donc tenait les ficelles de cet extravagant mannequin ?... Qui ?

« Vous ne l'avez jamais vu, il vous parle, et vous croyez tout ce qu'il vous dit ? demanda Moncharmin.

— Oui ; d'abord, c'est à lui que je dois que ma petite Meg est passée coryphée. J'avais dit au fantôme : Pour qu'elle soit impératrice en 1885, vous n'avez pas de temps à perdre, il faut qu'elle soit coryphée tout de suite. Il m'a répondu : C'est entendu. Et il n'a eu qu'un mot à dire à M. Poligny, c'était fait...

— Vous voyez bien que M. Poligny l'a vu !

— Pas plus que moi, mais il l'a entendu ! Le fantôme lui a dit un mot à l'oreille, vous savez bien ! le soir où il est sorti si pâle de la loge n° 5. »

Moncharmin pousse un soupir.

« Quelle histoire ! gémit-il.

— Ah ! répond Mme Giry, j'ai toujours cru qu'il y avait des secrets entre le Fantôme et

M. Poligny. Tout ce que le Fantôme demandait à M. Poligny, M. Poligny l'accordait... M. Poligny n'avait rien à refuser au Fantôme.

— Tu entends, Richard, Poligny n'avait rien à refuser au Fantôme.

— Oui, oui, j'entends bien ! déclara Richard. M. Poligny est un ami du Fantôme ! et, comme Mme Giry est une amie de M. Poligny, nous y voilà bien, ajouta-t-il sur un ton fort rude. Mais M. Poligny ne me préoccupe pas, moi... La seule personne dont le sort m'intéresse vraiment, je ne le dissimule point, c'est Mme Giry ! Madame Giry, vous savez ce qu'il y a dans cette enveloppe ?

— Mon Dieu, non ! fit-elle.

— Eh bien ! regardez ! »

Mme Giry glissa dans l'enveloppe un regard troublé, mais qui retrouva aussitôt son éclat.

« Des billets de mille francs ! s'écrie-t-elle.

— Oui, madame Giry !... oui, des billets de mille ! Et vous le saviez bien !

— Moi, monsieur le directeur... Moi ! je vous jure...

— Ne jurez pas, madame Giry !... Et maintenant, je vais vous dire cette autre chose pour laquelle je vous ai fait venir... Madame Giry, je vais vous faire arrêter. »

Les deux plumes noires du chapeau couleur de suie, qui affectaient à l'ordinaire la forme de deux points d'interrogation, se muèrent aussitôt en point d'exclamation ; quant au chapeau lui-même, il oscilla, menaçant, sur son chignon en tempête. La surprise, l'indignation, la protestation et l'effroi se traduisirent encore chez la mère de la petite Meg, par une sorte de pirouette extravagante « jeté glissade », de la vertu offensée qui l'apporta d'un bond jusque sous le nez de M. le directeur, lequel ne put se retenir de reculer son fauteuil.

« Me faire arrêter ! »

La bouche qui disait cela sembla devoir cracher à la figure de M. Richard les trois dents dont elle disposait encore.

M. Richard fut héroïque. Il ne recula plus. Son index menaçant désignait déjà aux magistrats absents l'ouvreuse de la loge n° 5.

— Je vais vous faire arrêter, madame Giry, comme une voleuse !

— Répète ! »

Et Mme Giry gifla à tour de bras M. le directeur Richard avant que M. le directeur Moncharmin eût eu le temps de s'interposer. Riposte vengeresse ! Ce ne fut point la main desséchée de la colérique vieille qui vint s'abattre sur la joue directoriale, mais l'enveloppe elle-même, cause de tout le scandale, l'enveloppe magique qui s'entr'ouvrit du coup pour laisser échapper les billets qui s'envolèrent dans un tournoiement fantastique de papillons géants.

Les deux directeurs poussèrent un cri, et une même pensée les jeta tous les deux à genoux, ramassant fébrilement et compulsant en hâte les précieuses paperasses.

« *Ils sont toujours vrais ?* Moncharmin.

— *Ils sont toujours vrais ?* Richard.

— Ils sont toujours vrais ! ! ! »

Au-dessus d'eux, les trois dents de Mme Giry se heurtent dans une mêlée retentissante, pleine de hideuses interjections. Mais on ne perçoit tout à fait bien que ce « leitmotiv » :

« Moi, une voleuse !... Une voleuse, moi ? »

Elle étouffe.

Elle s'écrie :

« J'en suis ravagée ! »

Et, tout à coup, elle rebondit sous le nez de Richard.

« En tout cas, glapit-elle, vous, monsieur Richard, *vous devez le savoir mieux que moi où sont passés les vingt mille francs !*

— Moi ? interroge Richard stupéfait. Et comment le saurais-je ?

Aussitôt, Moncharmin, sévère et inquiet, veut que la bonne femme s'explique.

« Que signifie ceci ? interroge-t-il. Et pourquoi, madame Giry, prétendez-vous que M. Richard doit savoir *mieux que vous* où sont passés les vingt mille francs ?

Quant à Richard, qui se sent rougir sous le regard de Moncharmin, il a pris la main de mame Giry et la lui secoue avec violence. Sa voix imite le tonnerre. Elle gronde, elle roule... elle foudroie...

« Pourquoi saurais-je mieux que vous où sont passés les vingt mille francs ? Pourquoi ?

— Parce qu'ils sont passés dans votre poche !... » souffle la vieille en le regardant maintenant comme si elle apercevait le diable.

C'est au tour de M. Richard d'être foudroyé, d'abord par cette réplique inattendue, ensuite par le regard de plus en plus soupçonneux de Moncharmin. Du coup, il perd sa force, dont il aurait besoin dans ce moment difficile pour repousser une aussi méprisable accusation.

Ainsi, les plus innocents, surpris dans la paix de leur cœur, apparaissent-ils tout à coup, à cause que le coup qui les frappe les fait pâlir, ou rougir, ou chanceler, ou se redresser, ou s'abîmer, ou protester, ou ne rien dire quand il faudrait parler, ou parler quand il ne faudrait rien dire, ou rester secs alors qu'il faudrait s'éponger, ou suer alors qu'il faudrait rester secs, apparaissent-ils tout à coup, dis-je, coupables.

Moncharmin a arrêté l'élan vengeur avec lequel Richard, qui était innocent, allait se précipiter sur Mme Giry et il s'empresse, encourageant, d'interroger celle-ci... avec douceur.

« Comment avez-vous pu soupçonner mon collaborateur Richard de mettre vingt mille francs dans sa poche ?

— Je n'ai jamais dit cela, déclare mame Giry, attendu que c'était moi-même, en personne, qui mettais les vingt mille francs dans la poche de M. Richard. »

Et elle ajouta à mi-voix :

« Tant pis ! Ça y est !... Que le Fantôme me pardonne ! »

Et comme Richard se reprend à hurler, Moncharmin avec autorité lui ordonne de se taire :

« Pardon ! Pardon ! Pardon ! Laisse cette femme s'expliquer ! Laisse-moi l'interroger. »

Et il ajoute :

« Il est vraiment étrange que tu le prennes sur un ton pareil !... Nous touchons au moment où tout ce système va s'éclaircir ! Tu es furieux ! Tu as tort... Moi, je m'amuse beaucoup. »

Mame Giry, martyre, relève sa tête où rayonne la foi en sa propre innocence.

« Vous me dites qu'il y avait vingt mille francs dans l'enveloppe que je mettais dans la poche de M. Richard, mais, moi, je le répète, je n'en savais rien... Ni M. Richard non plus, du reste !

— Ah ! ah ! fit Richard, en affectant tout à coup un air de bravoure qui déplut à Moncharmin, je n'en savais rien non plus ! Vous mettiez vingt mille francs dans ma poche et je n'en savais rien ! J'en suis fort aise, madame Giry.

— Oui, acquiesça la terrible dame... c'est vrai !... Nous n'en savions rien ni l'un ni l'autre !... Mais vous, vous avez bien dû finir par vous en apercevoir. »

Richard dévorerait certainement Mme Giry si Moncharmin n'était pas là ! Mais Moncharmin la protège. Il précipite l'interrogatoire.

« Quelle sorte d'enveloppe mettiez-vous donc dans la poche de M. Richard ? Ce n'était point celle que nous vous donnions, celle que vous portiez devant nous, dans la loge nº 5, et cependant, celle-là seule, contenait les vingt mille francs.

— Pardon ! C'était bien celle que me donnait M. le directeur que je glissais dans la poche de monsieur le directeur, explique la mère Giry. Quant à celle que je déposais dans la loge du fantôme, c'était une autre enveloppe exactement pareille, et que j'avais, toute préparée, dans ma manche, et qui m'était donnée par le fantôme ! »

Ce disant, mame Giry sort de sa manche une enveloppe toute préparée et identique avec sa suscription à celle qui contient les vingt mille francs. MM. les directeurs s'en emparent. Ils l'examinent, ils constatent que des cachets cachetés de leur propre cachet directorial la ferment. Ils l'ouvrent... Elle contient vingt billets de la Sainte Farce, comme ceux qui les ont tant stupéfiés un mois auparavant.

« Comme c'est simple ! fait Richard.

— Comme c'est simple ! répète plus solennel que jamais Moncharmin.

— Les tours les plus illustres, répond Richard, ont toujours été les plus simples. Il suffit d'un compère...

— Ou d'une commère ! » ajoute de sa voix blanche, Moncharmin.

Et il continue, les yeux fixés sur Mme Giry, comme s'il voulait l'hypnotiser :

« C'était bien le fantôme qui vous faisait parvenir cette enveloppe, et c'était bien lui qui vous disait de la substituer à celle que nous vous remettions ? C'était bien lui qui vous disait de mettre cette dernière dans la poche de M. Richard ?

— Oh ! c'était bien lui !

— Alors, pourriez-vous nous montrer, madame, un échantillon de vos petits talents ?... Voici l'enveloppe. Faites comme si nous ne savions rien.

— A votre service, messieurs ! »

La mère Giry a repris l'enveloppe chargée de ses vingt billets et se dirige vers la porte. Elle s'apprête à sortir.

Les deux directeurs sont déjà sur elle.

« Ah ! non ! Ah ! non ! On ne nous « la fait plus ! » Nous en avons assez ! Nous n'allons pas recommencer !

— Pardon, messieurs, s'excuse la vieille, pardon... Vous me dites de faire comme si vous ne saviez rien !... Eh bien, si vous ne saviez rien, je m'en irais avec votre enveloppe !

— Et alors, comment la glisseriez-vous dans ma poche ? » argumente Richard que Moncharmin ne quitte pas de l'œil gauche, cependant que son œil droit est fort occupé par Mme Giry, — position difficile pour le regard ; mais Moncharmin est décidé à tout pour découvrir la vérité.

« Je dois la glisser dans votre poche au moment où vous vous y attendez le moins, monsieur le directeur. Vous savez que je viens toujours, dans le courant de la soirée, faire un petit tour dans les coulisses, et souvent j'accompagne, comme c'est mon droit de mère, ma fille au foyer de la danse ; je lui porte ses chaussons, au moment du divertissement, et même son petit arrosoir... Bref, je vais et je viens à mon aise... MM. les abonnés s'en viennent aussi... Vous aussi , monsieur le directeur... Il y a du monde... Je passe derrière vous, et je glisse l'enveloppe dans la poche de derrière votre habit... Ça n'est pas sorcier !

— Ça n'est pas sorcier, gronde Richard en roulant des yeux de Jupiter tonnant, ça n'est pas sorcier ! Mais je vous prends en flagrant délit de mensonge, vieille sorcière ! »

L'insulte frappe moins l'honorable dame que le coup que l'on veut porter à sa bonne foi. Elle se redresse, hirsute, les trois dents dehors.

« A cause ?

— A cause que ce soir-là je l'ai passé dans la salle à surveiller la loge n° 5 et la fausse enveloppe que vous y aviez déposée. Je ne suis pas descendu au foyer de la danse une seconde...

— Aussi, monsieur le directeur, ce n'est point ce soir-là que je vous ai mis l'enveloppe ! Mais à la représentation suivante... Tenez, c'était le soir où M. le sous-secrétaire d'Etat aux Beaux-Arts... »

A ces mots, M. Richard arrête brusquement Mme Giry...

« Et c'est vrai, dit-il songeur, je me rappelle maintenant ! M. le sous-secrétaire d'Etat est venu dans les coulisses. Il m'a fait demander. Je suis descendu un instant au foyer de la danse. J'étais sur les marches du foyer... M. le sous-secrétaire d'Etat et son chef de cabinet étaient dans le foyer même... Tout à coup, je me suis retourné... C'était vous qui passiez derrière moi... madame Giry... Il me semblait que vous m'aviez frôlé... Il n'y avait que vous derrière moi... Oh ! je vous vois encore... je vous vois encore !

— Eh bien, oui, c'est ça, monsieur le directeur ! c'est bien ça ! Je venais de terminer ma petite affaire dans votre poche ! Cette poche-là, monsieur le directeur, est bien commode ! »

Et Mme Giry joint une fois de plus le geste à la parole. Elle passe derrière M. Richard et si prestement, que Moncharmin lui-même, qui regarde de ses deux yeux, cette fois, en reste impressionné, elle dépose l'enveloppe dans la poche de l'une des basques de l'habit de M. le directeur.

« Evidemment ! s'exclame Richard, un peu pâle... C'est très fort de la part de F. de l'O. Le problème, pour lui, se posait ainsi : supprimer tout intermédiaire dangereux entre celui qui donne les vingt mille francs et celui qui les prend ! Il ne pouvait mieux trouver que de venir me les prendre dans ma poche sans que je m'en aperçoive, puisque je ne savais même pas qu'ils s'y trouvaient... C'est admirable ?

— Oh ! admirable ! sans doute, surenchérit Moncharmin... seulement, tu oublies, Richard, que j'ai donné dix mille francs sur ces vingt mille et qu'on n'a rien mis dans ma poche, à moi ! »

V

SUITE DE LA CURIEUSE ATTITUDE D'UNE ÉPINGLE
DE NOURRICE

La dernière phrase de Moncharmin exprimait d'une façon trop évidente le soupçon dans lequel il tenait désormais son collaborateur pour qu'il n'en résultât point sur-le-champ une explication orageuse, au bout de laquelle il fut entendu que Richard allait se plier à toutes les volontés de Moncharmin, dans le but de l'aider à découvrir le misérable qui se jouait d'eux.

Ainsi arrivons-nous à « l'entr'acte du jardin » pendant lequel M. le secrétaire Rémy, à qui rien n'échappe, a si curieusement observé l'étrange conduite de ses directeurs, et dès lors rien ne nous sera plus facile que de trouver une raison à des attitudes aussi exceptionnellement baroques, et surtout si peu conformes à l'idée que l'on doit se faire de la dignité directoriale.

La conduite de Richard et Moncharmin était toute tracée par la révélation qui venait de leur être faite : 1° Richard devait répéter exactement, ce soir-là, les gestes qu'il avait accomplis lors de la disparition des premiers vingt mille francs ; 2° Moncharmin ne devait pas perdre de vue une seconde la poche de derrière de Richard, dans laquelle Mme Giry aurait glissé les seconds vingt mille.

A la place exacte où il s'était trouvé lorsqu'il saluait M. le sous-secrétaire d'Etat aux Beaux-Arts, vint se placer M. Richard avec, à quelques pas de là, dans son dos, M. Moncharmin.

Mme Giry passe, frôle M. Richard, se débarrasse des vingt mille dans la poche de la basque de son directeur et disparaît...

Ou plutôt, on la fait disparaître. Exécutant l'ordre que Moncharmin lui a donné quelques instants auparavant, avant la reconstitution de la scène, Mercier va enfermer la brave dame dans le bureau de l'administration. Ainsi, il sera impossible à la vieille de communiquer avec son fantôme. Et elle se laissa faire, car mame Giry n'est plus qu'une pauvre figure déplumée, effarée d'épouvante, ouvrant des yeux de volaille ahurie sous une crète en désordre, entendant déjà dans le corridor sonore le bruit des pas du commissaire dont elle est menacée, et poussant des soupirs à fendre les colonnes du grand escalier.

Pendant ce temps, M. Richard se courbe, fait la révérence, salue, marche à reculons, comme s'il avait devant lui ce haut et tout-puissant fonctionnaire qu'est M. le sous-secrétaire d'État aux Beaux-Arts.

Seulement, si de pareilles marques de politesse n'eussent soulevé aucun étonnement dans le cas où devant M. le directeur se fût trouvé M. le sous-secrétaire d'État, elles causèrent aux spectateurs de cette scène si naturelle, mais si inexplicable, une stupéfaction bien compréhensible alors que devant M. le directeur il n'y avait personne.

M. Richard saluait dans le vide... se courbait devant le néant... et reculait — marchait à reculons — devant rien...

... Enfin, à quelques pas de là, M. Moncharmin faisait la même chose que lui.

... Et, repoussant M. Rémy, suppliait M. l'ambassadeur de La Borderie et M. le Directeur du Crédit central de ne point « toucher à M. le directeur ».

Moncharmin, qui avait son idée, ne tenait point à ce que, tout à l'heure, Richard vînt lui dire, les vingt mille francs disparus : « C'est peut-être M. l'ambassadeur ou M. le directeur du Crédit central, ou même M. le secrétaire Rémy. »

D'autant plus que, lors de la première scène, de l'aveu même de Richard, Richard n'avait, après avoir été frôlé par Mme Giry, rencontré personne dans cette partie du théâtre... Pourquoi donc, je vous le demande, puisqu'on devait exactement répéter les mêmes gestes, rencontrerait-il quelqu'un aujourd'hui ?

Ayant d'abord marché à reculons pour saluer, Richard continua de marcher de cette façon par prudence... jusqu'au coin de l'administration... Ainsi, il était toujours surveillé par derrière par Moncharmin et lui-même surveillait « ses approches » par devant.

Encore une fois, cette façon nouvelle de se promener dans les coulisses qu'avaient adoptée MM. les directeurs de l'Académie nationale de musique ne devait évidemment point passer inaperçue.

On la remarqua.

Heureusement pour MM. Richard et Moncharmin qu'au moment de cette tant curieuse scène, les « petits rats » se trouvaient à peu près tous dans les greniers.

Car MM. les directeurs auraient eu du succès auprès des jeunes filles.

... Mais ils ne pensaient qu'à leurs vingt mille francs.

Arrivé dans le couloir mi-obscur de l'administration, Richard dit à voix basse à Moncharmin :

« Je suis sûr que personne ne m'a touché... maintenant, tu vas te tenir assez loin de moi et me surveiller dans l'ombre jusqu'à la porte de mon cabinet... il ne faut donner l'éveil à personne et nous verrons bien ce qui va se passer. »

Mais Moncharmin réplique :

« Non, Richard ! Non !... Marche devant... je marche *immédiatement* derrière ! Je ne te quitte pas d'un pas !

— Mais, s'écrie Richard, jamais comme cela on ne pourra nous voler nos vingt mille francs !

— Je l'espère bien ! déclare Moncharmin.

— Alors, ce que nous faisons est absurde !

— Nous faisons exactement ce que nous avons fait la dernière fois... La dernière fois, je t'ai rejoint à ta sortie du plateau, au coin de ce couloir... et je t'ai suivi *dans le dos*.

— C'est pourtant exact ! » soupire Richard en secouant la tête et en obéissant passivement à Moncharmin.

Deux minutes plus tard, les deux directeurs s'enfermaient dans le cabinet directorial.

Ce fut Moncharmin lui-même qui mit la clef dans sa poche.

« Nous sommes restés ainsi enfermés tous deux la dernière fois, fit-il, jusqu'au moment où tu as quitté l'Opéra pour rentrer chez toi.

— C'est vrai ! Et personne n'est venu nous déranger ?

— Personne.

— Alors, interrogea Richard qui s'efforçait de rassembler ses souvenirs, alors j'aurai été sûrement volé dans le trajet de l'Opéra à mon domicile...

— Non ! fit sur un ton plus sec que jamais Moncharmin... non... ça n'est pas possible... C'est moi qui t'ai reconduit chez toi dans ma voiture. Les vingt mille francs *ont disparu chez toi*, cela ne fait plus pour moi l'ombre d'un doute. »

C'était là l'idée qu'avait maintenant Moncharmin.

« Cela est incroyable ! protesta Richard... je suis sûr de mes domestiques !... et si l'un d'eux avait fait ce coup-là, il aurait disparu depuis. »

Moncharmin haussa les épaules, semblant dire qu'il n'entrait pas dans ces détails.

Sur quoi Richard commence à trouver que Moncharmin le prend avec lui sur un ton bien insupportable.

« Moncharmin, en voilà assez !

— Richard, en voilà trop !

— Tu oses me soupçonner ?

— Oui, d'une déplorable plaisanterie !

— On ne plaisante pas avec vingt mille francs !

— C'est bien mon avis ! déclare Moncharmin, déployant un journal dans la lecture duquel il se plonge avec ostentation.

— Qu'est-ce que tu vas faire ? demande Richard. Tu vas lire le journal maintenant !

— Oui, Richard, jusqu'à l'heure où je te reconduirai chez toi.

— Comme la dernière fois ?

— Comme la dernière fois. »

Richard arrache le journal des mains de Moncharmin. Moncharmin se dresse, plus irrité que jamais. Il trouve devant lui un Richard exaspéré qui lui dit, en se croisant les bras sur la poitrine, — geste d'insolent défi depuis le commencement du monde :

« Voilà, fait Richard, je pense à ceci. *Je pense à ce que je pourrais penser*, si, comme la dernière fois, après avoir passé la soirée en tête à tête avec toi, tu me reconduisais chez moi, et si, au moment de nous quitter, je constatais que les vingt mille francs avaient disparu de la poche de mon habit... comme la dernière fois.

— Et que pourrais-tu penser ? s'exclama Moncharmin cramoisi.

— Je pourrais penser que, puisque tu ne m'as pas quitté d'une semelle, et que, selon ton désir, tu as été le seul à approcher de moi comme la dernière fois, je pourrais penser que si ces vingt mille francs ne sont plus dans ma poche, ils ont bien des chances d'être dans la tienne ! »

Moncharmin bondit sous l'hypothèse.

« *Oh !* s'écria-t-il, *une épingle de nourrice !*

— Que veux-tu faire d'une épingle de nourrice ?

— T'attacher !... Une épingle de nourrice !... une épingle de nourrice !

— Tu veux m'attacher avec une épingle de nourrice ?

— Oui, t'attacher avec les vingt mille francs !... Comme cela, que ce soit ici, ou dans le trajet d'ici à ton domicile ou chez toi, tu sentiras bien la main qui tirera ta poche... et tu verras si c'est la mienne, Richard !... Ah ! c'est toi qui me soupçonnes maintenant... Une épingle de nourrice ! »

Et c'est dans ce moment que Moncharmin ouvrit la porte du couloir en criant :

« Une épingle de nourrice ! qui me donnera une épingle de nourrice ? »

Et nous savons aussi comment, dans le même instant, le secrétaire Rémy, qui n'avait pas d'épingle à nourrice, fut reçu par le directeur Moncharmin, cependant qu'un garçon de bureau procurait à celui-ci l'épingle tant désirée.

Et voici ce qu'il advint :

Moncharmin, après avoir refermé la porte, s'agenouilla dans le dos de Richard.

« J'espère, dit-il, que les vingt mille francs sont toujours là ?

— Moi aussi, fit Richard.

— Les vrais ? demanda Moncharmin, qui était bien décidé cette fois à ne pas se laisser « rouler ».

— Regarde ! Moi, je ne veux pas les toucher, » déclara Richard.

Moncharmin retira l'enveloppe de la poche de Richard et en tira les billets en tremblant, car, cette fois, pour pouvoir constater fréquemment la présence des billets, ils n'avaient ni cacheté l'enveloppe ni même collé celle-ci. Il se rassura en constatant qu'ils étaient tous là, fort authentiques. Il les réunit dans la poche de la basque et les épingla avec grand soin.

Après quoi il s'assit derrière la basque qu'il ne quitta plus du regard, pendant que Richard, assis à son bureau, ne faisait pas un mouvement.

« Un peu de patience, Richard, commanda Moncharmin, nous n'en avons plus que pour quelques minutes... La pendule va bientôt sonner les douze coups de minuit. C'est aux douze coups de minuit que la dernière fois nous sommes partis.

— Oh ! j'aurai toute la patience qu'il faudra ! »

L'heure passait, lente, lourde, mystérieuse, étouffante. Richard essaya de rire.

« Je finirai par croire, fit-il, à la toute-puissance du fantôme. Et en ce moment, particulièrement, ne trouves-tu pas qu'il y a dans l'atmosphère de cette pièce un je ne sais quoi qui inquiète, qui indispose, qui effraie ?

— C'est vrai, avoua Moncharmin, qui était réellement impressionné.

— Le fantôme ! reprit Richard à voix basse et comme s'il craignait d'être entendu par d'invisibles oreilles... le fantôme ! Si tout de même c'était un fantôme qui frappait naguère sur cette table les trois coups secs que nous avons fort bien entendus... qui y dépose les enveloppes magiques... qui parle dans la loge n° 5... qui tue Joseph Buquet... qui décroche le lustre... et qui nous vole ! car enfin ! car enfin ! Il n'y a que toi ici et moi !... et si les billets disparaissent sans que nous y soyons pour rien, ni toi, ni moi... il va bien falloir croire au fantôme... au fantôme... »

A ce moment, la pendule, sur la cheminée, fit entendre son déclenchement et le premier coup de minuit sonna.

Les deux directeurs frissonnèrent. Une angoisse les étreignait, dont ils n'eussent pu dire la cause et qu'ils essayaient en vain de combattre.

La sueur coulait sur leurs fronts. Et le douzième coup résonna singulièrement à leurs oreilles.

Quand la pendule se fut tue, ils poussèrent un soupir et se levèrent.

« Je crois que nous pouvons nous en aller, fit Moncharmin.

— Je le crois, obtempéra Richard.

— Avant de partir, tu permets que je regarde dans ta poche ?

— Mais comment donc ! Moncharmin ! il le faut !

« Eh bien ? demanda Richard à Moncharmin, qui tâtait.

— Eh bien ! je sens toujours l'épingle.

— Evidemment, comme tu le disais fort bien, on ne peut plus nous voler sans que je m'en aperçoive. »

Mais Moncharmin, dont les mains étaient toujours occupées autour de la poche, hurla :

« *Je sens toujours l'épingle, mais je ne sens plus les billets.*

— Non ! ne plaisante pas, Moncharmin !... Ça n'est pas le moment.

— Mais, tâte toi-même. »

D'un geste, Richard s'est défait de son habit. Les deux directeurs s'arrachent la poche !... *La poche est vide.*

Le plus curieux est que l'épingle est restée piquée à la même place.

Richard et Moncharmin pâlissaient. Il n'y avait plus à douter du sortilège.

« Le fantôme ! » murmure Moncharmin.

Mais Richard bondit soudain sur son collègue.

« Il n'y a que toi qui as touché à ma poche !... Rends-moi mes vingt mille francs !... Rends-moi mes vingt mille francs !...

— Sur mon âme, soupire Moncharmin qui semble prêt à se pâmer... je te jure que je ne les ai pas...

Et comme on frappait encore à la porte, il alla l'ouvrir, marchant d'un pas quasi automatique, semblant à peine reconnaître l'administrateur Mercier, échangeant avec lui des propos quelconques, ne comprenant rien à ce que l'autre lui disait ; et déposant, d'un geste inconscient, dans la main de ce fidèle serviteur complètement ahuri, l'épingle de nourrice qui ne pouvait plus lui servir de rien...

VI

LE COMMISSAIRE DE POLICE, LE VICOMTE ET LE PERSAN

La première parole de M. le commissaire de police, en pénétrant dans le bureau directorial, fut pour demander des nouvelles de la chanteuse.

« Christine Daaé n'est pas ici ? »

Il était suivi, comme je l'ai dit, d'une foule compacte.

« Christine Daaé ? Non, répondit Richard, pourquoi ? »

Quant à Moncharmin, il n'a plus la force de prononcer un mot... Son état d'esprit est beaucoup plus grave que celui de Richard, car Richard peut encore soupçonner Moncharmin, mais Moncharmin, lui, se trouve en face du grand mystère... celui qui fait frissonner l'humanité depuis sa naissance : l'Inconnu.

Richard reprit, car la foule autour des directeurs et du commissaire observait un impressionnant silence :

« Pourquoi me demandez-vous, monsieur le commissaire, si Christine Daaé n'est pas ici ?

— Parce qu'il faut qu'on la retrouve, messieurs les directeurs de l'Académie nationale de musique, déclare solennellement M. le commissaire de police.

— Comment ! il faut qu'on la retrouve ! Elle a donc disparu ?

— En pleine représentation !

— En pleine représentation ! C'est extraordinaire !

— N'est-ce pas ? Et, ce qui est tout aussi extraordinaire que cette disparition, c'est que ce soit moi qui vous l'apprenne !

— En effet... acquiesce Richard, qui se prend la tête dans les mains et murmure : Quelle est cette nouvelle histoire ? Oh ! décidément, il y a de quoi donner sa démission !...»

Et il s'arrache quelques poils de sa moustache sans même s'en apercevoir :

« Alors, fait-il comme en un rêve... elle a disparu en pleine représentation.

— Oui, elle a été enlevée à l'acte de la prison, dans le moment où elle invoquait l'aide du ciel, mais je doute qu'elle ait été enlevée par les anges.

— Et moi j'en suis sûr ! »

Tout le monde se retourne. Un jeune homme, pâle et tremblant d'émotion, répète :

« J'en suis sûr !

— Vous êtes sûr de quoi ? interroge Mifroid.

— Que Christine Daaé a été enlevée par un ange, monsieur le commissaire, et je pourrais vous dire son nom...

— Ah ! ah ! monsieur le vicomte de Chagny, vous prétendez que Mlle Christine Daaé a été enlevée par un ange, par un ange de l'Opéra, sans doute ? »

Raoul regarde autour de lui. Evidemment, il cherche quelqu'un. A cette minute où il lui semble si nécessaire d'appeler à l'aide de sa fiancée le secours de la police, il ne serait pas fâché de revoir ce mystérieux inconnu qui, tout à l'heure, lui recommandait la discrétion. Mais il ne le découvre nulle part. Allons ! il faut qu'il parle !... Il ne saurait toutefois s'expliquer devant cette foule qui le dévisage avec une curiosité indiscrète.

« Oui, monsieur, par un ange de l'Opéra, répondit-il à M. Mifroid, et je vous dirai où il habite quand nous serons seuls...

— Vous avez raison, monsieur. »

Et le commissaire de police, faisant asseoir Raoul près de lui, met tout le monde à la porte, excepté naturellement les directeurs, qui, cependant, n'eussent point protesté, tant ils paraissaient au-dessus de toutes les contingences.

Alors Raoul se décide :

« Monsieur le commissaire, cet ange s'appelle Erik, il habite l'Opéra et c'est *l'Ange de la musique* !

— *L'Ange de la musique* ! En vérité !! Voilà qui est fort curieux !... *L'Ange de la musique* ! »

Et, tourné vers les directeurs, M. le commissaire de police Mifroid demande :

« Messieurs, avez-vous cet ange-là chez vous ? »

MM. Richard et Moncharmin secouèrent la tête sans même sourire.

« Oh ! fit le vicomte, ces messieurs ont bien entendu parler du Fantôme de l'Opéra. Eh bien ! je puis leur affirmer que le Fantôme de l'Opéra et l'Ange de la musique, c'est la même chose. Et son vrai nom est Érik. »

M. Mifroid s'était levé et regardait Raoul avec attention.

« Pardon, monsieur, est-ce que vous avez l'intention de vous moquer de la justice ?

— Moi ! protesta Raoul, qui pensa douloureusement : « Encore un qui ne va pas vouloir m'entendre. »

— Alors, qu'est-ce que vous me chantez, avec votre Fantôme de l'Opéra ?

— Je dis que ces messieurs en ont entendu parler.

— Messieurs, il paraît que vous connaissez le Fantôme de l'Opéra ? »

Richard se leva, les derniers poils de sa moustache dans la main.

« Non ! monsieur le commissaire, non, nous ne le connaissons pas ! mais nous voudrions bien le connaître ! car, pas plus tard que ce soir, il nous a volé vingt mille francs !... »

Et Richard tourna vers Moncharmin un regard terrible qui semblait dire : « Rends-moi les vingt mille francs ou je dis tout. » Moncharmin le comprit si bien qu'il fit un geste éperdu : « Ah ! dis tout ! dis tout !...

Quant à Mifroid, il regardait tour à tour les directeurs et Raoul et se demandait s'il ne s'était point égaré dans un asile d'aliénés. Il se passa la main dans les cheveux :

« Un fantôme, dit-il, qui, le même soir, enlève une chanteuse et vole vingt mille francs, est un fantôme bien occupé ! Si vous le voulez bien, nous allons sérier les questions. La chanteuse d'abord, les vingt mille francs ensuite. Voyons, monsieur de Chagny, tâchons de parler sérieusement. Vous croyez que Mlle Christine Daaé a été enlevée par un individu nommé Érik. Vous le connaissez donc, cet individu ? Vous l'avez vu ?

— Oui, monsieur le commissaire.

— Où cela ?

— Dans un cimetière. »

M. Mifroid sursauta, se reprit à contempler Raoul et dit :

« Évidemment !... c'est ordinairement là que l'on rencontre les fantômes. Et que faisiez-vous dans ce cimetière ?

— Monsieur, dit Raoul, je me rends très bien compte de la bizarrerie de mes réponses et de l'effet qu'elles produisent sur vous. Mais je vous supplie de croire que j'ai toute ma raison. Il y va du salut de la personne qui m'est la plus chère au monde avec mon bien-aimé frère Philippe. Je voudrais vous convaincre en quelques mots, car l'heure presse et les minutes sont précieuses. Malheureusement, si je ne vous raconte point la plus étrange histoire qui soit, par le commencement, vous ne me croirez point. Je vais vous dire, monsieur le commissaire, tout ce que je sais sur le Fantôme de l'Opéra. Hélas ! monsieur le commissaire, je ne sais pas grand'chose...

— Dites toujours ! Dites toujours ! » s'exclamèrent Richard et Moncharmin subitement très intéressés ; malheureusement pour l'espoir qu'ils avaient conçu un instant d'apprendre quelque détail susceptible de les mettre sur la trace de leur mystificateur, ils durent bientôt se rendre à cette triste évidence que M. Raoul de Chagny avait complètement perdu la tête. Toute cette histoire de Perros Guirec, de têtes de mort, de violon enchanté, ne pouvait avoir pris naissance que dans la cervelle détraquée d'un amoureux.

Il était visible, du reste, que M. le commissaire Mifroid partageait de plus en plus cette manière de voir, et certainement le magistrat eût mis fin à ces propos désordonnés, dont nous avons donné un aperçu dans la première partie de ce récit, si les circonstances, elles-mêmes, ne s'étaient chargées de les interrompre.

La porte venait de s'ouvrir et un individu singulièrement vêtu d'une vaste redingote noire et coiffé d'un chapeau haut de forme à la fois râpé et luisant, qui lui entrait jusqu'aux deux oreilles, fit son entrée. Il courut au commissaire et lui parla à voix basse. C'était quelque agent de la Sûreté sans doute qui venait rendre compte d'une mission pressée.

Pendant ce colloque, M. Mifroid ne quittait point Raoul des yeux.

Et enfin, s'adressant à lui, il dit :

« Monsieur, c'est assez parlé du fantôme. Nous allons parler un peu de vous, si vous n'y voyez aucun inconvénient ; vous deviez enlever ce soir Mlle Christine Daaé ?

— Oui, monsieur le commissaire.

— A la sortie du théâtre ?

— Oui, monsieur le commissaire.

— Toutes vos dispositions étaient prises pour cela ?

— Oui, monsieur le commissaire.

— La voiture qui vous a amené devait vous emporter tous les deux. Le cocher était prévenu... son itinéraire était tracé d'avance... Mieux ! Il devait trouver à chaque étape des chevaux tout frais...

— C'est vrai, monsieur le commissaire.

— Et cependant, votre voiture est toujours là, attendant vos ordres, du côté de la Rotonde, n'est-ce pas ?

— Oui, monsieur le commissaire.

— Saviez-vous qu'il y avait, à côté de la vôtre, trois autres voitures ?

— Je n'y ai point prêté la moindre attention...

— C'étaient celles de Mlle Sorelli, laquelle n'avait point trouvé de place dans la cour de l'administration ; de la Carlotta et de votre frère, M. le comte de Chagny...

— C'est possible...

— Ce qui est certain, en revanche... c'est que, si votre propre équipage, celui de la Sorelli et celui de la Carlotta sont toujours à leur place, au long du trottoir de la Rotonde... celui de M. le comte de Chagny ne s'y trouve plus...

— Ceci n'a rien à voir, monsieur le commissaire...

— Pardon ! M. le comte n'était-il pas opposé à votre mariage avec Mlle Daaé ?

— Ceci ne saurait regarder que la famille.

— Vous m'avez répondu... il y était opposé... et c'est pourquoi vous enleviez Christine Daaé, loin des entreprises possibles de M. votre frère... Eh bien, monsieur de Chagny, permettez-moi de vous apprendre que votre frère a été plus prompt que vous !... C'est lui qui a enlevé Christine Daaé !

— Oh ! gémit Raoul, en portant la main à son cœur, ce n'est pas possible... Vous êtes sûr de cela ?

— Aussitôt après la disparition de l'artiste qui a été organisée avec des complicités qui nous resteront à établir, il s'est jeté dans sa voiture qui a fourni une course furibonde à travers Paris.

— A travers Paris ? râla le pauvre Raoul... Qu'entendez-vous par « à travers Paris » ?

— Et hors de Paris...

— Hors de Paris... quelle route ?

— La route de Bruxelles. »

Un cri rauque échappe de la bouche du malheureux :

« Oh ! s'écrie-t-il, je jure bien que je les rattraperai. »

Et, en deux bonds, il fut hors du bureau.

« Et ramenez-nous-la, crie joyeusement le commissaire... Hein ? Voilà un tuyau qui vaut bien celui de l'Ange de la musique ! »

Sur quoi M. Mifroid se retourne sur son auditoire stupéfait et lui administre ce petit cours de police honnête mais nullement puéril :

« Je ne sais point du tout si c'est réellement M. le comte de Chagny qui a enlevé Christine Daaé... mais j'ai besoin de le savoir et je ne crois point qu'à cette heure nul mieux que le vicomte son frère ne désire me renseigner... En ce moment, il court, il vole ! Il est mon principal auxiliaire ! Tel est, messieurs, l'art que l'on croit si compliqué, de la police, et qui apparaît cependant si simple dès que l'on a découvert qu'il doit consister à faire faire cette police surtout par des gens qui n'en sont pas ! »

Mais monsieur le commissaire de police Mifroid n'eût peut-être pas été si content de lui-même, s'il avait su que la course de son rapide messager avait été arrêtée dès l'entrée de celui-ci dans le premier corridor, vide cependant de la foule des curieux que l'on avait dispersée. Le corridor paraissait désert.

Cependant Raoul s'était vu barrer le chemin par une grande ombre.

« Où allez-vous si vite, monsieur de Chagny ? » avait demandé l'ombre.

Raoul, impatienté, avait levé la tête et reconnu le bonnet d'astrakan de tout à l'heure. Il s'arrêta.

« C'est encore vous ! s'écria-t-il d'une voix fébrile, vous qui connaissez les secrets d'Erik et qui ne voulez pas que j'en parle. Et qui donc êtes-vous ?

— Vous le savez bien !... Je suis le Persan ! » fit l'ombre.

VII

LE VICOMTE ET LE PERSAN

Raoul se rappela que son frère, un soir de spectacle, lui avait montré ce vague personnage dont on ignorait tout, une fois qu'on avait dit de lui qu'il était un Persan, et qu'il habitait un vieux petit appartement dans la rue de Rivoli.

L'homme au teint d'ébène, aux yeux de jade, au bonnet d'astrakan, se pencha sur Raoul.

« J'espère, monsieur de Chagny, que vous n'avez point trahi le secret d'Erik ?

— Et pourquoi donc aurais-je hésité à trahir ce monstre, monsieur ? repartit Raoul avec hauteur, en essayant de se délivrer de l'importun. Est-il donc votre ami ?

— J'espère que vous n'avez rien dit d'Erik, monsieur, parce que le secret d'Erik est celui de Christine Daaé ! Et que parler de l'un, c'est parler de l'autre !

— Oh ! monsieur ! fit Raoul de plus en plus impatient, vous paraissez au courant de bien des choses qui m'intéressent, et cependant je n'ai pas le temps de vous entendre !

— Encore une fois, monsieur de Chagny, où allez-vous si vite ?

— Ne le devinez-vous pas ? Au secours de Christine Daaé...

— Alors, monsieur, restez ici !... car Christine Daaé est ici !...

— Avec Erik ?

— Avec Erik !

— Comment le savez-vous ?

— J'étais à la représentation, et il n'y a qu'un Erik au monde pour machiner un pareil enlèvement !... Oh ! fit-il avec un profond soupir, j'ai reconnu la main du monstre !...

— Vous le connaissez donc ? »

Le Persan ne répondit pas, mais Raoul entendit un nouveau soupir.

« Monsieur ! dit Raoul, j'ignore quelles sont vos intentions... mais pouvez-vous quelque chose pour moi ?... je veux dire pour Christine Daaé ?

— Je le crois, monsieur de Chagny, et voilà pourquoi je vous ai abordé.

— Que voulez-vous ?

— Essayer de vous conduire auprès d'elle... et auprès de lui !

— Monsieur ! c'est une entreprise que j'ai déjà vainement tentée ce soir... mais si vous me rendez un service pareil, ma vie vous appartient !... Monsieur, encore un mot : le commissaire de police vient de m'apprendre que Christine Daaé avait été enlevée par mon frère, le comte Philippe...

— Oh ! monsieur de Chagny, moi je n'en crois rien...

— Cela n'est pas possible, n'est-ce pas ?

— Je ne sais pas si cela est possible, mais il y a façon d'enlever et M. le comte Philippe, que je sache, *n'a jamais travaillé dans la féerie.*

— Vos arguments sont frappants, monsieur, et je ne suis qu'un fou !... Oh ! monsieur ! courons ! courons ! Je m'en remets entièrement à vous !... Comment ne vous croirais-je pas quand nul autre que vous ne me croit ? Quand vous êtes le seul à ne pas sourire quand on prononce le nom d'Erik. »

Disant cela, le jeune homme, dont les mains brûlaient de fièvre, avait, dans un geste spontané, pris les mains du Persan. Elles étaient glacées.

« Silence ! fit le Persan en s'arrêtant et en écoutant les bruits lointains du théâtre et les moindres craquements qui se produisaient dans les murs et dans les couloirs voisins. Ne prononçons plus ce mot-là ici. Disons : *Il ;* nous aurons moins de chances d'attirer son attention...

— Vous le croyez donc bien près de nous ?

— Tout est possible, monsieur... s'il n'est pas en ce moment avec sa victime, *dans la demeure du Lac.*

— Ah ! vous aussi, vous connaissez cette demeure ?

— ... S'il n'est pas dans cette demeure, il peut être dans ce mur, dans ce plancher, dans ce plafond ! Que sais-je ?... L'œil dans cette serrure !... L'oreille dans cette poutre !...

Et le Persan, en le priant d'assourdir le bruit de ses pas, entraîna Raoul dans des couloirs que le jeune homme n'avait jamais vus, même au temps où Christine le promenait dans ce labyrinthe.

— Pourvu, fit le Persan, pourvu que Darius soit arrivé !

— Qui est-ce, Darius ? interrogea encore le jeune homme en courant.

— Darius ! c'est mon domestique... »

Ils étaient en ce moment au centre d'une véritable place déserte, pièce immense qu'éclairait mal un lumignon. Le Persan arrêta Raoul et, tout bas, si bas que Raoul avait peine à l'entendre, il lui demanda :

« Qu'est-ce que vous avez dit au commissaire ?

— Je lui ai dit que le voleur de Christine Daaé était l'ange de la musique, dit le Fantôme de l'Opéra, et que son véritable nom était...

— Pshutt !... Et le commissaire vous a cru ?

— Non.

— Il n'a point attaché à ce que vous disiez quelque importance ?

— Aucune !

— Il vous a pris un peu pour un fou ?

— Oui.

— Tant mieux ! soupira le Persan. »

Et la course recommença.

Après avoir monté et descendu plusieurs escaliers inconnus de Raoul, les deux hommes se trouvèrent en face d'une porte que le Persan ouvrit avec un petit passe-partout qu'il tira d'une poche de son gilet. Le Persan, comme Raoul, était naturellement en habit. Seulement, si Raoul avait un chapeau haut de forme, le Persan avait un bonnet d'astrakan, ainsi que je l'ai déjà fait remarquer. C'était un accroc au code d'élégance qui régissait les coulisses, où le chapeau haut de forme est exigé, mais il est entendu qu'en France on permet aux étrangers : la casquette de voyage aux Anglais, le bonnet d'astrakan aux Persans.

« Monsieur, dit le Persan, votre chapeau haut de forme va vous gêner pour l'expédition que nous projetons... Vous feriez bien de le laisser dans la loge...

— Quelle loge ? demanda Raoul.

— Mais celle de Christine Daaé ! »

Et le Persan, ayant fait passer Raoul par la porte qu'il venait d'ouvrir, lui montra, en face, la loge de l'actrice.

Raoul ignorait qu'on pût venir chez Christine par un autre chemin que celui qu'il suivait ordinairement. Il se trouvait alors à l'extrémité du couloir qu'il avait l'habitude de parcourir en entier avant de frapper à la porte de la loge.

— Oh ! monsieur, vous connaissez bien l'Opéra !

— Moins bien que *lui !* fit modestement le Persan !

Et il poussa le jeune homme dans la loge de Christine.

Elle était telle que Raoul l'avait laissée quelques instants auparavant.

Le Persan, après avoir refermé la porte, se dirigea vers le panneau très mince qui séparait la loge d'un vaste cabinet de débarras qui y faisait suite. Il écouta, puis, fortement, toussa.

Aussitôt, on entendit remuer dans le cabinet de débarras et, quelques secondes plus tard, on frappait à la porte de la loge.

« Entre ! » dit le Persan.

Un homme entra, coiffé lui aussi d'un bonnet d'astrakan et vêtu d'une longue houppelande.

Il salua et tira de sous son manteau une boîte richement ciselée. Il la déposa sur la table de toilette, resalua et se dirigea vers la porte.

« Personne ne t'a vu entrer, Darius ?

— Non, maître.

— Que personne ne te voie sortir. »

Le domestique risqua un coup d'œil dans le corridor, et, prestement, disparut.

« Monsieur, fit Raoul, je pense à une chose, c'est qu'on peut très bien nous surprendre ici, et cela évidemment nous gênerait. Le commissaire ne saurait tarder à venir perquisitionner dans cette loge.

— Bah ! ce n'est pas le commissaire qu'il faut craindre. »

Le Persan avait ouvert la boîte. Il s'y trouvait une paire de longs pistolets, d'un dessin et d'un ornement magnifiques.

« Aussitôt après l'enlèvement de Christine Daaé, j'ai fait prévenir mon domestique d'avoir à m'apporter ces armes, monsieur. Je les connais depuis longtemps, il n'en est point de plus sûres.

— Vous voulez vous battre en duel ! interrogea le jeune homme, surpris de l'arrivée de cet arsenal.

— C'est bien, en effet, à un duel que nous allons, monsieur, répondit l'autre en examinant l'amorce de ses pistolets. Et quel duel ! »

Sur quoi, il tendit un pistolet à Raoul et lui dit encore :

« Dans ce duel, nous serons deux contre un ; mais soyez prêt à tout, monsieur, car je ne vous cache pas que nous allons avoir affaire au plus terrible adversaire qu'il soit possible d'imaginer. Mais vous aimez Christine Daaé, n'est-ce pas ?

— Si je l'aime, monsieur ! Mais vous, qui ne l'aimez pas, m'expliquerez-vous pourquoi je vous trouve prêt à risquer votre vie pour elle !... Vous haïssez certainement Erik !

— Non, monsieur, dit tristement le Persan, je ne le hais pas. Si je le haïssais, il y a longtemps qu'il ne ferait plus de mal.

— Il vous a fait du mal à vous ?...

— Le mal qu'il m'a fait à moi, je le lui ai pardonné.

— C'est tout à fait extraordinaire, reprit le jeune homme, de vous entendre parler de cet homme ! Vous le traitez de monstre, vous parlez de ses crimes, il vous a fait du mal et je retrouve chez vous cette pitié inouïe qui me désespérait chez Christine elle-même !... »

Le Persan ne répondit pas. Il était allé prendre un tabouret et l'avait apporté contre le mur opposé à la grande glace qui tenait tout le pan d'en face. Puis il était monté sur le tabouret et, le nez sur le papier dont le mur était tapissé, il semblait chercher quelque chose.

« Eh bien ! monsieur ! fit Raoul, qui bouillait d'impatience. Je vous attends. Allons !

— Allons où ? demanda l'autre sans détourner la tête.

— Mais au devant du monstre ! Descendons ! Ne m'avez-vous point dit que vous en aviez le moyen ?

— Je le cherche. »

Et le nez du Persan se promena encore tout le long de la muraille.

« Ah ! fit tout à coup l'homme au bonnet, c'est là ! et son doigt, au-dessus de sa tête, appuya sur un coin du dessin du papier. »

Puis il se retourna et se jeta à bas du tabouret.

« Dans une demi-minute, dit-il, nous serons *sur son chemin !* »

Et, traversant toute la loge, il alla tâter la grande glace.

« Non ! Elle ne cède pas encore... murmurat-il.

— Oh ! nous allons sortir par la glace, fit Raoul !... Comme Christine !...

— Vous saviez donc que Christine Daaé était sortie par cette glace ?

— Devant moi, monsieur !... J'étais caché là, sous le rideau du cabinet de toilette et je l'ai vue disparaître, non point par la glace, mais dans la glace !

— Et qu'est-ce que vous avez fait ?

— J'ai cru, monsieur, à une aberration de mes sens ! à la folie ! à un rêve !

— A quelque nouvelle fantaisie du fantôme, ricana le Persan... Ah ! monsieur de Chagny, continua-t-il en tenant toujours sa main sur la glace... plût au ciel que nous eussions affaire à un fantôme ! Nous pourrions laisser dans leur boîte notre paire de pistolets !... Déposer votre chapeau, je vous prie... là... et maintenant refermez votre habit le plus que vous pourrez sur votre plastron... comme moi... rabaissez les revers... relevez le col... nous devons nous faire aussi invisibles que possible... »

Il ajouta encore, après un court silence, et en pesant sur la glace :

« Le déclenchement du contrepoids, quand on agit sur le ressort à l'intérieur de la loge, est un peu lent à produire son effet. Il n'en est point de même quand on est derrière le mur et qu'on peut agir directement sur le contrepoids. Alors, la glace tourne, instantanément, et est emportée avec une rapidité folle...

— Quel contrepoids ? demanda Raoul.

— Eh bien ! mais, celui qui fait se soulever tout ce pan de mur sur son pivot ! Vous pensez bien qu'il ne se déplace pas tout seul, par enchantement ! »

Et le Persan, attirant d'une main Raoul, tout

contre lui, appuyait toujours de l'autre (de celle qui tenait le pistolet) contre la glace.

« Vous allez voir, tout à l'heure, si vous y faites bien attention, la glace se soulever de quelques millimètres et puis se déplacer de quelques autres millimètres de gauche à droite. Elle sera alors sur un pivot, et elle tournera. On ne saura jamais ce qu'on peut faire avec un contrepoids ! Un enfant peut, de son petit doigt, faire tourner une maison... quand un pan de mur, si lourd soit-il, est amené par le contrepoids sur son pivot, bien en équilibre, il ne pèse pas plus qu'une toupie sur sa pointe.

— Ça ne tourne pas ! fit Raoul, impatient.

— Eh ! attendez donc ! Vous avez le temps de vous impatienter, monsieur ! La mécanique, évidemment, est rouillée ou le ressort ne marche plus. »

Le front du Persan devint soucieux.

« Et puis, dit-il, il peut y avoir autre chose.

— Quoi donc, monsieur ?

— Il a peut-être tout simplement coupé la corde du contrepoids et immobilisé tout le système...

— Pourquoi ? Il ignore que nous allons descendre par là ?

— Il s'en doute peut-être, car il n'ignore pas que je connais le système.

— C'est lui qui vous l'a montré ?

— Non ! j'ai cherché derrière lui, et derrière ses disparitions mystérieuses, et j'ai trouvé. Oh ! c'est le système le plus simple des portes secrètes ! c'est une mécanique vieille comme les palais sacrés de Thèbes aux cent portes comme la salle du trépied à Delphes.

— Ça ne tourne pas !... Et Christine, monsieur !... Christine !... »

Le Persan dit froidement :

— Nous ferons tout ce qu'il est humainement possible de faire !... mais il peut, lui, nous arrêter dès les premiers pas !

— Il est donc le maître de ces murs ?

— Il commande aux murs, aux portes, aux trappes. Chez nous, on l'apelait d'un nom qui signifie : *l'amateur de trappes*.

— C'est bien ainsi que Christine m'en avait parlé... avec le même mystère et en lui accordant la même redoutable puissance ?... Mais tout ceci me paraît bien extraordinaire !...

Pourquoi ces murs lui obéissent-ils, à lui seul ? Il ne les a pas construits ?

— Si, monsieur ! »

Et comme Raoul le regardait, interloqué, le Persan lui fit signe de se taire, puis son geste lui montra la glace... Ce fut comme un tremblant reflet. Leur double image se troubla comme dans une onde frissonnante, et puis tout redevint immobile.

« Vous voyez bien, monsieur, que ça ne tourne pas ! Prenons un autre chemin !

— Ce soir, il n'y en a pas d'autres ! déclara le Persan, d'une voix singulièrement lugubre... Et maintenant, attention ! et tenez-vous prêt à tirer ! »

Il dressa lui-même son pistolet en face de la glace. Raoul imita son geste. Le Persan attira de son bras resté libre le jeune homme jusque sur sa poitrine, et soudain la glace tourna dans un éblouissement, un croisement de feux aveuglant ; elle tourna, telle l'une des portes roulantes à compartiments qui s'ouvre maintenant sur les salles publiques... elle tourna, emportant Raoul et le Persan dans son mouvement irrésistible et les jetant brusquement de la pleine lumière à la plus profonde obscurité.

VIII

DANS LES DESSOUS DE L'OPÉRA

— La main haute, prête à tirer ! répéta hâtivement le compagnon de Raoul.

Derrière eux, le mur, continuant à faire un tour complet sur lui-même, s'était refermé.

Les deux hommes restèrent quelques instants immobiles, retenant leur respiration.

Dans ces ténèbres régnait un silence que rien ne venait troubler.

Enfin, le Persan se décida à faire un mouvement, et Raoul l'entendit qui glissait à genoux,

Universal Film

La figure en feu s'avançait toujours à hauteur d'homme, sans corps, au-devant des deux hommes effarés.

2—VI.

S'arrêtant à chaque pas, épiant l'ombre et le silence, le Persan entraîna Raoul.

cherchant quelque chose dans la nuit, de ses mains tâtonnantes.

Soudain, devant le jeune homme, les ténèbres s'éclairèrent prudemment au feu d'une petite lanterne sourde, et Raoul eut un recul instinctif, comme pour échapper à l'investigation d'un secret ennemi. Mais il comprit aussitôt que ce feu appartenait au Persan, dont il suivait tous les gestes. Le petit disque rouge se promenait sur les parois, en haut, en bas, tout autour d'eux, méticuleusement. Ces parois étaient formées, à droite d'un mur, à gauche d'une cloison en planches, au-dessus et au-dessous des planchers. Et Raoul se disait que Christine avait passé par là le jour où elle avait suivi la voix de l'*Ange de la musique*. Ce devait être là le chemin accoutumé d'Erik quand il venait à travers les murs surprendre la bonne foi et intriguer l'innocence de Christine. Et Raoul qui se rappelait les propos du Persan, pensa que ce chemin avait été mystérieusement établi par les soins du Fantôme lui-même. Or, il devait apprendre plus tard qu'Erik avait trouvé là, tout préparé pour lui, un corridor secret dont longtemps il était resté le seul à connaître l'existence. Ce corridor avait été créé lors de la Commune de Paris, pour permettre aux geôliers de conduire directement leurs prisonniers aux cachots que l'on avait construits dans les caves, car les fédérés avaient occupé le bâtiment aussitôt après le 18 mars et en avaient fait tout en haut un point de départ pour les mongolfières chargées d'aller porter dans les départements leurs proclamations incendiaires, et, tout en bas, une prison d'Etat.

Le Persan s'était mis à genoux et avait déposé par terre sa lanterne. Il semblait occupé à une rapide besogne dans le plancher et, tout à coup, il voila sa lumière.

Alors Raoul entendit un léger déclic et aperçut dans le plancher du corridor un carré lumineux très pâle. C'était comme si une fenêtre venait de s'ouvrir sur les dessous encore éclairés de l'Opéra. Raoul ne voyait plus le Persan, mais il le sentit soudain à ses côtés et il entendit son souffle.

« Suivez-moi, et faites tout ce que je ferai. »

Raoul fut dirigé vers la lucarne lumineuse. Alors, il vit le Persan qui s'agenouillait encore et qui, se suspendant par les mains à la lucarne, se laissait glisser dans les dessous. Le Persan tenait alors son pistolet entre les dents.

Chose curieuse, le vicomte avait pleinement confiance dans le Persan. Malgré qu'il ignorât tout de lui, et que la plupart de ses propos n'eussent fait qu'augmenter l'obscurité de cette aventure, il n'hésitait point à croire que, dans cette heure décisive, le Persan était avec lui contre Erik. Son émotion lui avait paru sincère quand il lui avait parlé du « monstre » ; l'intérêt qu'il lui avait montré ne lui semblait point suspect. Enfin, si le Persan avait nourri quelque sinistre projet contre Raoul, il n'eût pas armé celui-ci de ses propres mains. Et puis, pour tout dire, ne fallait-il point arriver, coûte que coûte, auprès de Christine ? Raoul n'avait pas le choix des moyens. S'il avait hésité, même avec des doutes sur les intentions du Persan, le jeune homme se fût considéré comme le dernier des lâches.

Raoul, à son tour, s'agenouilla et se suspendit à la trappe, des deux mains. « Lâchez tout ! » entendit-il, et il tomba dans les bras du Persan qui lui ordonna aussitôt de se jeter à plat ventre, referma au-dessus de leurs têtes la trappe, sans que Raoul pût voir par quel stratagème, et vint se coucher aux côtés du vicomte. Celui-ci voulut lui poser une question, mais la main du Persan s'appuya sur sa bouche et aussitôt il entendit une voix qu'il reconnut pour être celle du commissaire de police qui tout à l'heure l'avait interrogé.

Raoul et le Persan se trouvaient alors tous deux derrière un cloisonnement qui les dissimulait parfaitement. Près de là, un étroit escalier montait à une petite pièce, dans laquelle le commissaire devait se promener en posant des questions, car on entendait le bruit de ses pas en même temps que celui de sa voix.

La lumière qui entourait les objets était bien faible, mais, en sortant de cette obscurité épaisse qui régnait dans le couloir secret du haut, Raoul n'eut point de peine à distinguer la forme des choses.

Et il ne put retenir une sourde exclamation, car il y avait là trois cadavres.

Le premier était étendu sur l'étroit palier du petit escalier qui montait jusqu'à la porte derrière laquelle on entendait le commissaire ; les deux autres avaient roulé au bas de cet escalier, les bras en croix. Raoul, en passant ses doigts à travers le cloisonnement qui le cachait, eût pu toucher la main de l'un de ces malheureux.

« Silence ! » fit encore le Persan dans un souffle.

Lui aussi avait vu les corps étendus et il eut un mot pour tout expliquer :

« *Lui !* »

La voix du commissaire se faisait alors entendre avec plus d'éclat. Il réclamait des explications sur le système d'éclairage, que le régisseur lui donnait. Le commissaire devait donc se trouver dans le « jeu d'orgue » ou dans ses dépendances. Contrairement à ce que l'on pourrait croire, surtout quand il s'agit d'un théâtre d'opéra, le « jeu d'orgue » n'est nullement destiné à faire de la musique.

A cette époque, l'électricité n'était employée que pour certains effets scéniques très restreints et pour les sonneries. L'immense bâtiment et la scène elle-même étaient encore éclairés au gaz et c'était toujours avec le gaz hydrogène qu'on réglait et modifiait l'éclairage d'un décor, et cela au moyen d'un appareil spécial auquel la multiplicité de ses tuyaux a fait donner le nom de « jeu d'orgue ».

Une niche était réservée à côté du trou du souffleur, au chef d'éclairage, qui, de là, donnait ses ordres à ses employés et en surveillait l'exécution. C'est dans cette niche que, à toutes les représentations, se tenait Mauclair.

Or, Mauclair n'était point dans sa niche et ses employés n'étaient point à leur place.

« Mauclair ! Mauclair ! »

La voix du régisseur résonnait maintenant dans les dessous comme dans un tambour. Mais Mauclair ne répondait pas.

Nous avons dit qu'une porte ouvrait sur un petit escalier qui montait du deuxième dessous. Le commissaire la poussa, mais elle résista : « Tiens ! Tiens ! fit-il. Voyez donc, monsieur le régisseur, je ne peux pas ouvrir cette porte... est-elle toujours aussi difficile ? »

Le régisseur, d'un vigoureux coup d'épaule, poussa la porte. Il s'aperçut qu'il poussait en même temps un corps humain et ne put retenir une exclamation : ce corps, il le reconnut tout de suite :

« Mauclair ! »

Tous les personnages qui avaient suivi le commissaire dans cette visite au jeu d'orgue s'avancèrent, inquiets.

« Le malheureux ! Il est mort, gémit le régisseur. »

Mais M. le commissaire Mifroid, que rien ne surprend, était déjà penché sur ce grand corps.

« Non, fit-il, il est ivre-mort ! ça n'est pas la même chose.

— Ce serait la première fois, déclara le régisseur.

— Alors, on lui a fait prendre un narcotique... C'est bien possible. »

Mifroid se releva, descendit encore quelques marches et s'écria :

« Regardez ! »

A la lueur d'un petit fanal rouge, au bas de l'escalier, deux autres corps étaient étendus. Le régisseur reconnut les aides de Mauclair... Mifroid descendit, les ausculta.

« Ils dorment profondément, dit-il. Très curieuse affaire ! Nous ne pouvons plus douter de l'intervention d'un inconnu dans le service de l'éclairage... et cet inconnu travaillait évidemment pour le ravisseur !... Mais quelle drôle d'idée de ravir une artiste en scène !... C'est jouer la difficulté, cela, ou je ne m'y connais pas ! Qu'on aille me chercher le médecin du théâtre. »

Et M. Mifroid répéta :

« Curieuse ! très curieuse affaire ! »

Puis il se tourna vers l'intérieur de la petite pièce, s'adressant à des personnages que, de l'endroit où ils se trouvaient, ni Raoul ni le Persan ne pouvaient apercevoir.

« Que dites-vous de tout ceci, messieurs ? demanda-t-il. Il n'y a que vous qui ne donnez point votre avis. Vous devez bien avoir cependant une petite opinion... »

Alors, au-dessus du palier, Raoul et le Persan virent s'avancer les deux figures effarées de MM. les directeurs, — on ne voyait que leurs figures au-dessus du palier — et ils entendirent la voix émue de Moncharmin :

« Il se passe ici, monsieur le commissaire, des choses que nous ne pouvons nous expliquer. »

Et les deux figures disparurent.

« Merci du renseignement, messieurs, » fit Mifroid, goguenard.

Mais le régisseur, dont le menton reposait alors dans le creux de la main droite, ce qui est le geste de la réflexion profonde, dit :

« Ce n'est point la première fois que Mauclair s'endort au théâtre. Je me rappelle l'avoir trouvé un soir, ronflant dans sa petite niche, à côté de sa tabatière.

— Il y a longtemps de cela ? demanda M. Mifroid, en essuyant avec un soin méticuleux les verres de son lorgnon, car M. le commissaire était myope, ainsi qu'il arrive aux plus beaux yeux du monde.

— Mon Dieu !... fit le régisseur... non, il n'y a pas bien longtemps... Tenez !... C'était le soir... Ma foi oui... c'était le soir où la Carlotta, vous savez bien, monsieur le commissaire, a lancé son fameux couac !...

— Vraiment, le soir où la Carlotta a lancé son fameux couac ? »

Et M. Mifroid, ayant remis sur son nez le binocle aux glaces transparentes, fixa attentivement le régisseur, comme s'il voulait pénétrer sa pensée.

« Mauclair prise donc ?... demanda-t-il d'un ton négligent.

— Mais oui, monsieur le commissaire... Tenez, voici justement sur cette planchette sa tabatière... Oh ! c'est un grand priseur.

— Et moi aussi ! » fit M. Mifroid, et il mit la tabatière dans sa poche.

Raoul et le Persan assistèrent, sans que nul ne soupçonnât leur présence, au transport des trois corps que des machinistes vinrent enlever. Le commissaire les suivit et tout le monde derrière lui, remonta. On entendit, quelques instants encore, leurs pas qui résonnaient sur le plateau.

Quand ils furent seuls, le Persan fit signe à Raoul de se soulever. Celui-ci obéit ; mais comme, en même temps, il n'avait point replacé la main haute devant les yeux, prête à tirer, ainsi que le Persan ne manquait pas de le faire, celui-ci recommanda de prendre à nouveau cette position et de ne point s'en départir, quoi qu'il arrivât.

« Mais cela fatigue la main inutilement ! murmura Raoul, et si je tire, je ne serai plus sûr de moi !

— Changez votre arme de main, alors ! concéda le Persan.

— Je ne sais pas tirer de la main gauche ! »

A quoi le Persan répondit par cette déclaration bizarre, qui n'était point faite évidemment pour éclaircir la situation dans le cerveau bouleversé du jeune homme :

« *Il ne s'agit point de tirer de la main gauche ou de la main droite ; il s'agit d'avoir l'une de vos mains placée comme si elle allait faire jouer la gâchette d'un pistolet, le bras étant à demi replié ; quant au pistolet en lui-même, après tout, vous pouvez le mettre dans votre poche.* »

Et il ajouta :

« Que ceci soit entendu, ou je ne réponds plus de rien ! C'est une question de vie ou de mort. Maintenant, silence et suivez-moi ! »

Ils se trouvaient alors dans le deuxième dessous ; Raoul ne faisait qu'entrevoir à la lueur de quelques lumignons immobiles, çà et là, dans leurs prisons de verre, une infime partie de cet abîme extravagant, sublime et enfantin, amusant comme une boîte de Guignol, effrayant comme un gouffre, que sont les dessous de la scène à l'Opéra.

Ils sont formidables et au nombre de cinq. Ils reproduisent tous les plans de la scène, ses trappes et ses trapillons. Les costières seules y sont remplacées par des rails. Des charpentes transversales supportent trappes et trapillons. Des poteaux, reposant sur des dés de fonte ou de pierre, de sablières ou « chapeaux de forme », forment des séries de fermes qui permettent de laisser un libre passage aux « gloires » et autres combinaisons ou trucs. On donne à ces appareils une certaine stabilité en les reliant au moyen de crochets de fer et suivant les besoins du moment. Les treuils, les tambours, les contrepoids sont généreusement distribués dans les dessous. Ils servent à manœuvrer les grands décors, à opérer les changements à vue, à provoquer la disparition subite des personnages de féérie.

C'est des dessous, ont dit MM. X., Y., Z., qui ont consacré à l'œuvre de Garnier une étude si intéressante, c'est des dessous qu'on transforme les cacochymes en beaux cavaliers, les sorcières hideuses en fées radieuses de jeunesse. Satan vient des dessous, de même qu'il s'y enfonce. Les lumières de l'enfer s'en échappent, les chœurs des démons y prennent place.

... Et les fantômes s'y promènent comme chez eux...

Raoul suivait le Persan, obéissant à la lettre à ses recommandations, n'essayant point de comprendre les gestes qu'il lui ordonnait... se disant qu'il n'avait plus d'espoir qu'en lui.

... Qu'eût-il fait sans son compagnon, dans cet effarant dédale ?

N'eût-il point été arrêté à chaque pas, par l'entrecroisement prodigieux des poutres et des cordages ? Ne se serait-il point pris, à ne pouvoir s'en dépêtrer, dans cette toile d'araignée gigantesque ?

Et s'il avait pu passer à travers ce réseau de fils et de contrepoids sans cesse renaissant devant lui, ne courait-il point le risque de tomber dans l'un de ces trous qui s'ouvraient par instants sous ses pas et dont l'œil n'apercevait point le fond de ténèbres !

... Ils descendaient... Ils descendaient encore...

Maintenant, ils étaient dans le troisième dessous.

Et leur marche était toujours éclairée par quelque lumignon lointain...

Plus l'on descendait et plus le Persan semblait prendre de précautions... Il ne cessait de se retourner vers Raoul et de lui recommander de se tenir comme il le fallait, en lui montrant la façon dont il tenait lui-même son poing, maintenant désarmé, mais toujours prêt à tirer comme s'il avait eu un pistolet.

Tout à coup une voix retentissante les cloua sur place. Quelqu'un, au-dessus d'eux, hurlait.

« Sur le plateau tous les « fermeurs de portes ! » Le commissaire de police les demande... »

... On entendit des pas, et des ombres glissèrent dans l'ombre. Le Persan avait attiré Raoul derrière un portant... Ils virent passer près d'eux, au-dessus d'eux, des vieillards courbés par les ans et le fardeau ancien des décors d'opéra. Certains pouvaient à peine se traîner... ; d'autres, par habitude, l'échine basse et les mains en avant, cherchaient des portes à fermer.

Car c'étaient les fermeurs de portes... les anciens machinistes épuisés et dont une charitable direction avait eu pitié... Elle les avait faits fermeurs de portes dans les dessous, dans les dessus. Ils allaient et venaient sans cesse du haut en bas de la scène pour fermer les portes — et ils étaient aussi appelés en ce temps-là, car depuis, je crois bien qu'ils sont tous morts, « les chasseurs de courants d'air » :

Les courants d'air, d'où qu'ils viennent, sont très mauvais pour la voix (1).

Le Persan et Raoul se félicitèrent en *a parte* de cet incident qui les débarrassait de témoins gênants, car quelques-uns des fermeurs de portes, n'ayant plus rien à faire et n'ayant guère de domicile, restaient par paresse ou par besoin à l'Opéra, où ils passaient la nuit. On pouvait se heurter à eux, les réveiller, s'attirer une demande d'explications. L'enquête de M. Mifroid gardait momentanément nos deux compagnons de ces mauvaises rencontres.

Mais ils ne furent point longtemps à jouir de leur solitude... D'autres ombres, maintenant, descendaient le même chemin par où les « fermeurs de portes » étaient montés. Ces ombres avaient chacune devant elle une petite lanterne... qu'elles agitaient fort, la portant en haut, en bas, examinant tout autour d'elles et semblant, de toute évidence, chercher quelque chose ou quelqu'un.

« Diable ! murmura le Persan... je ne sais pas ce qu'ils cherchent, mais ils pourraient bien nous trouver... fuyons !... vite !... La main en garde, monsieur, toujours prête à tirer !... Ployons le bras, davantage, là !... la main à hauteur de l'œil, comme si vous vous battiez en duel et que vous attendiez le commandement de « feu !... » Laissez donc votre pistolet dans votre poche !... Vite, descendons ! (Il entraînait Raoul dans le quatrième dessous)... à hauteur de l'œil question de vie ou de mort !... Là, par ici, cet escalier ! (ils arrivaient au cinquième dessous)... Ah ! quel duel, monsieur, quel duel !... »

Le Persan étant arrivé en bas du cinquième dessous, souffla... Il paraissait jouir d'un peu plus de sécurité qu'il n'en avait montré tout à l'heure, quand tous deux s'étaient arrêtés au troisième, mais cependant il ne se départissait pas de l'attitude de la main !...

------

(1) M. Pedro Gailhard m'a raconté lui-même qu'il avait encore créé des postes de fermeurs de portes pour de vieux machinistes qu'il ne voulait pas lui-même mettre à la porte.

Raoul eut le temps de s'étonner une fois de plus — sans, du reste, faire aucune nouvelle observation, aucune ! car en vérité, ce n'était pas le moment — de s'étonner, dis-je, en silence, de cette extraordinaire conception de la défense personnelle qui consistait à garder son pistolet dans sa poche pendant que la main restait toute prête à s'en servir comme si le pistolet était encore dans la main, à hauteur de l'œil ; position d'attente du commandement de « feu ! » dans le duel de cette époque.

Et, à ce propos, Raoul croyait pouvoir penser encore ceci : « Je me rappelle fort bien ce qu'il m'a dit : « Ce sont des pistolets dont je suis sûr. »

D'où il semblait logique de tirer cette conclusion interrogative : « Qu'est-ce que ça peut bien lui faire d'être sûr d'un pistolet dont il trouve inutile de se servir ? »

Mais le Persan l'arrêta dans ses vagues essais de cogitation. Lui faisant signe de se tenir en place, il remonta de quelques degrés l'escalier qu'il venait de quitter. Puis rapidement, il revint auprès de Raoul.

« Nous sommes stupides, lui souffla-t-il, nous allons être bientôt débarrassés des ombres aux lanternes... Ce sont les pompiers qui font leur ronde (1). »

Les deux hommes restèrent alors sur la défensive pendant au moins cinq longues minutes, puis le Persan entraîna à nouveau Raoul vers l'escalier qu'ils venaient de descendre ; mais, tout à coup, son geste lui ordonna à nouveau l'immobilité.

... Devant eux, la nuit remuait.

« A plat ventre ! souffla le Persan.

Les deux hommes s'allongèrent sur le sol.

Il n'était que temps.

... Une ombre qui ne portait cette fois aucune lanterne, ... une ombre simplement dans l'ombre passait.

Elle passa près d'eux à les toucher.

Ils sentirent, sur leurs visages, le souffle chaud de son manteau...

Car ils purent suffisamment la distinguer pour voir que l'ombre avait un manteau qui l'enveloppait de la tête aux pieds. Sur la tête, un chapeau de feutre mou.

... Elle s'éloigna, rasant les murs du pied et quelquefois, donnant, dans les coins, des coups de pied aux murs.

« Ouf ! fit le Persan... nous l'avons échappé belle... Cette ombre me connaît et m'a déjà ramené deux fois dans le bureau directorial.

— C'est quelqu'un de la police du théâtre ? demanda Raoul.

— C'est quelqu'un de bien pis ! répondit sans autre explication le Persan (1).

— Ce n'est pas... *lui ?*

— *Lui ?*... s'il n'arrive pas par derrière, nous verrons toujours ses yeux d'or !... C'est un peu notre force dans la nuit. Mais il peut arriver par derrière... à pas de loup... et nous sommes morts si nous ne tenons pas toujours nos mains comme si elles allaient tirer, à hauteur de l'œil, par devant ! »

Le Persan n'avait pas fini de formuler à nouveau cette « ligne d'attitude » que, devant les deux hommes, une figure fantastique apparut.

... Une figure tout entière... un visage ; non point seulement deux yeux d'or.

... Mais tout un visage lumineux... toute une figure en feu !

Oui, une figure en feu qui s'avançait à hauteur d'homme, *mais sans corps !*

____

(1) A cette époque les pompiers avaient encore mission, en dehors des représentations, de veiller à la sécurité de l'Opéra ; mais ce service, depuis, a été supprimé. Comme j'en demandais la raison à M. Pedro Gailhard, il me répondit que « c'était parce qu'on avait craint que dans leur inexpérience parfaite des dessous du théâtre, *ils n'y missent le feu* ».

____

(1) L'auteur, pas plus que le Persan, ne donnera d'autre explication sur cette apparition d'ombre-là. Alors que tout dans cette histoire historique sera normalement, au cours d'événements quelquefois apparemment anormaux, expliqué, l'auteur ne fera point comprendre expressément au lecteur ce que le Persan a voulu dire par ces mots : C'est quelqu'un de bien pis ! (que quelqu'un de la police du théâtre). Le lecteur devra le deviner, car l'auteur a promis à l'ex-directeur de l'Opéra, M. Pedro Gailhard, de lui garder le secret sur la personnalité extrêmement intéressante et utile de l'ombre errante au manteau qui, tout en se condamnant à vivre dans les dessous du théâtre, a rendu de si prodigieux services à ceux qui, les soirs de gala, par exemple, osent se risquer *dans les dessus. Je* parle ici de services d'Etat et je ne puis en dire plus long, ma parole.

Cette figure dégageait du feu.

Elle paraissait, dans la nuit, comme une flamme à forme de figure d'homme.

« Oh ! fit le Persan dans ses dents, c'est la première fois que je la vois !... Le lieutenant de pompiers n'était pas fou ! il l'avait bien vue, lui !... Qu'est-ce que c'est que cette flamme-là ? Ce n'est pas *lui !* mais c'est peut-être *lui* qui nous l'envoie !... Attention !... Attention !... Votre main à hauteur de l'œil, au nom du ciel !... à hauteur de l'œil ! »

La figure en feu qui paraissait une figure d'enfer — de démon embrasé — s'avançait toujours à hauteur d'homme, sans corps, au-devant des deux hommes effarés...

« *Il* nous envoie peut-être cette figure-là par devant, pour mieux nous surprendre par derrière... ou sur les côtés... on ne sait jamais avec lui !... Je connais beaucoup de ses trucs !... mais celui-là !... celui-là !... je ne le connais pas encore !... Fuyons !... par prudence !... n'est-ce pas ?... par prudence !... la main à hauteur de l'œil. »

Et ils s'enfuirent, tous les deux, tout au long du long corridor souterrain qui s'ouvrait devant eux.

Au bout de quelques secondes de cette course, qui leur parut de longues, longues minutes, ils s'arrêtèrent.

« Pourtant, dit le Persan, il vient rarement par ici ! Ce côté-ci ne le regarde pas !... Ce côté-ci ne conduit pas au Lac ni à la demeure du Lac !... Mais il sait peut-être que nous sommes *à ses trousses !...* bien que je lui aie promis de le laisser tranquille désormais et de ne plus m'occuper de ses histoires. »

Ce disant, il tourna la tête, et Raoul aussi tourna la tête.

Or, ils aperçurent encore la tête en feu derrière leurs deux têtes. Elle les avait suivis... Et elle avait dû courir aussi et peut-être plus vite qu'eux, car il leur parut qu'elle s'était rapprochée.

En même temps, ils commencèrent à distinguer un certain bruit dont il leur était impossible de deviner la nature ; ils se rendirent simplement compte que ce bruit semblait se déplacer et se rapprocher avec la flamme-figure-d'homme. C'étaient des grincements ou plutôt crissements, comme si des milliers d'ongles se fussent éraillés au tableau noir, bruit effroyablement insupportable qui est encore produit quelquefois par une petite pierre à l'intérieur du bâton de craie qui vient grincer contre le tableau noir.

Ils reculèrent encore, mais la figure-flamme avançait, avançait toujours, gagnant sur eux. On pouvait voir très bien ses traits maintenant. Les yeux étaient tout ronds et fixes, le nez un peu de travers et la bouche grande avec une lèvre inférieure en demi-cercle, pendante ; à peu près comme les yeux, le nez et la lèvre de la lune, quand la lune est toute rouge, couleur de sang.

Comment cette lune rouge glissait-elle dans les ténèbres, à hauteur d'homme sans point d'appui, sans corps pour la supporter, du moins apparemment ? Et comment allait-elle si vite, tout droit, avec ses yeux fixes, si fixes ? Et tout ce grincement, craquement, crissement qu'elle traînait avec elle, d'où venait-il ?

A un moment, le Persan et Raoul ne purent plus reculer et ils s'aplatirent contre la muraille, ne sachant ce qu'il allait advenir d'eux à cause de cette figure incompréhensible de feu et surtout, maintenant, du bruit plus intense, plus grouillant, plus vivant, très « nombreux », car certainement ce bruit était fait de centaines de petits bruits qui remuaient dans les ténèbres, sous la tête-flamme.

Elle avance, la tête-flamme... la voilà !... avec son bruit !... la voilà à hauteur !...

Et les deux compagnons, aplatis contre la muraille, sentent leurs cheveux se dresser d'horreur sur leurs têtes, car ils savent maintenant d'où viennent les mille bruits. Ils viennent en troupe, roulés dans l'ombre par d'innombrables petits flots pressés, plus rapides que les flots qui trottent sur le sable, à la marée montante, des petits flots de nuit qui moutonnent sous la lune, sous la lune-tête-flamme.

Et les petits flots leur passent dans les jambes, leur montent dans les jambes, irrésistiblement. Alors, Raoul et le Persan ne peuvent plus retenir leurs cris d'horreur, d'épouvante et de douleur.

Ils ne peuvent plus, non plus, continuer de tenir leurs mains à hauteur de l'œil, — tenue du duel au pistolet à cette époque, avant le commandement de : « Feu ! » — Leurs mains descendent à leurs jambes pour repousser les petits flots luisants, et qui roulent des petites choses aiguës, des flots qui sont pleins de pattes, et d'ongles, et de griffes, et de dents.

Oui, oui, Raoul et le Persan sont prêts à s'évanouir comme le lieutenant de pompiers Papin. Mais la tête-feu s'est retournée vers eux à leur hurlement. Et elle leur parle :

« Ne bougez pas ! Ne bougez pas !... Surtout, ne me suivez pas !... C'est moi le tueur de rats !... Laissez-moi passer avec mes rats !... »

Et brusquement, la tête-feu disparaît, évanouie dans les ténèbres, cependant que devant elle le couloir, au loin s'éclaire, simple résultat de la manœuvre que le tueur de rats vient de faire subir à sa lanterne sourde. Tout à l'heure, pour ne point effaroucher les rats devant lui, il avait tourné sa lanterne sourde sur lui-même, illuminant sa propre tête ; maintenant pour hâter sa fuite, il éclaire l'espace noir devant elle... Alors il bondit, entraînant avec lui tous les flots de rats, grimpants, crissants, tous les mille bruits...

Le Persan et Raoul, libérés, respirent, quoique tremblants encore.

« J'aurais dû me rappeler qu'Erik m'avait parlé de tueur de rats, fit le Persan, mais il ne m'avait pas dit qu'il se présentait sous cet aspect... et c'est bizarre que je ne l'aie jamais rencontré (1).

« Ah ! j'ai bien cru que c'était encore là l'un des tours du monstre !... soupira-t-il... Mais non ! Il ne vient jamais dans ces parages !

— Nous sommes donc bien loin du lac ? interrogea Raoul. Quand donc arriverons-nous, monsieur ?... Allons au lac ! Allons au lac !... Quand nous serons au lac, nous appellerons, nous secouerons les murs, nous crierons !... Christine nous entendra !... Et *Lui* aussi nous

entendra !... Et puisque vous le connaissez, nous lui parlerons !

— Enfant ! fit le Persan... Nous n'entrerons jamais dans la demeure du Lac par le Lac !

— Pourquoi cela ?

— Parce que c'est là qu'il a accumulé toute sa défense... Moi-même je n'ai jamais pu aborder sur l'autre rive !... sur la rive de la maison ?... Il faut traverser le lac d'abord... et il est bien gardé !... Je crains que plus d'un de ceux — anciens machinistes, vieux fermeurs de portes, — que l'on n'a jamais revus, n'aient simplement tenté de traverser le lac... C'est terrible... J'ai failli moi-même y rester... Si le monstre ne m'avait reconnu à temps !... Un conseil, monsieur, n'approchez jamais du Lac... Et surtout, bouchez-vous les oreilles si vous entendez chanter *la Voix sous l'eau*, la voix de la Sirène.

— Mais alors, reprit Raoul dans un transport de fièvre, d'impatience et de rage, que faisons-nous ici ?... Si vous ne pouvez rien pour Christine, laissez-moi au moins mourir pour elle. »

Le Persan essaya de calmer le jeune homme.

« Nous n'avons qu'un moyen de sauver Christine Daaé, croyez-moi, c'est de pénétrer dans cette demeure sans que le monstre s'en aperçoive.

— Nous pouvons espérer cela, monsieur ?

— Eh ! si je n'avais pas cet espoir-là, je ne serais pas venu vous chercher !

— Et par où peut-on entrer dans la demeure du Lac, sans passer par le Lac ?

— Par le troisième dessous, d'où nous avons été si malencontreusement chassés... monsieur, et où nous allons retourner de ce pas... Je vais vous dire, monsieur, fit le Persan, la voix soudain altérée... je vais vous dire l'endroit exact...

____

(1) L'ancien directeur de l'Opéra, M. Pedro Gailhard, m'a conté un jour au cap d'Ail, chez Mme Pierre Wolff, toute l'immense déprédation souterraine due au ravage des rats, jusqu'au jour où l'administration traita, pour un prix assez élevé du reste, avec un individu qui se faisait fort de supprimer le fléau en venant faire un tour dans les caves tous les quinze jours.

Depuis, il n'y a plus de rats à l'Opéra, que ceux qui sont admis au foyer de la danse. M. Gailhard pensait que cet homme avait découvert un parfum secret qui attirait à lui les rats comme le « coq-levent » dont certains pêcheurs se garnissent les jambes attire le poisson. Il les entraînait sur ses pas, dans quelque caveau, où les rats, enivrés, se laissaient noyer. Nous avons vu l'épouvante que l'apparition de cette figure avait déjà causée au lieutenant de pompiers, épouvante qui était allée jusqu'à l'évanouissement — conversation avec M. Gailhard — et, pour moi, il ne fait point de doute que la tête-flamme rencontrée par ce pompier soit la même qui mit dans un si cruel émoi le Persan et le vicomte de Chagny (Papiers du Persan).

Cela se trouve entre une ferme et un décor abandonné du *Roi de Lahore*, exactement, exactement à l'endroit où est mort Joseph Buquet...

— Ah ! ce chef machiniste que l'on a trouvé pendu ?

— Oui, monsieur, ajouta sur un singulier ton le Persan, et dont on n'a pu retrouver la corde !... Allons ! du courage... et en route !... et remettez votre main en garde, monsieur... Mais où sommes-nous donc ? »

Le Persan dut allumer à nouveau sa lanterne sourde. Il en dirigea le jet lumineux sur deux vastes corridors qui se croisaient à angle droit et dont les voûtes se perdaient à l'infini.

« Nous devons être, dit-il, dans la partie réservée plus particulièrement au service des eaux... Je n'aperçois aucun feu venant des calorifères. »

Il précéda Raoul, cherchant son chemin, s'arrêtant brusquement quand il redoutait le passage de quelque *hydraulicien*, puis ils eurent à se garer de la lueur d'une sorte de forge souterraine que l'on finissait d'éteindre et devant laquelle Raoul reconnut les démons entr'aperçus par Christine, lors de son premier voyage au jour de sa première captivité.

Ainsi, ils revenaient peu à peu jusque sous les prodigieux dessous de la scène.

Ils devaient être alors tout au fond de la *cuve*, à une très grande profondeur, si l'on songe que l'on a creusé la terre *à quinze mètres au-dessous des couches d'eau* qui existaient dans toute cette partie de la capitale ; et l'on dut épuiser toute l'eau... On en retira tant que, pour se faire une idée de la masse d'eau expulsée par les pompes, il faudrait se représenter en surface la cour du Louvre et en hauteur une fois et demie les tours de Notre-Dame. Tout de même, il fallut garder un lac.

A ce moment, le Persan toucha une paroi et dit :

« Si je ne me trompe pas, voici un mur qui pourrait bien appartenir à la demeure du lac ! »

Il frappait alors contre une paroi de la cuve. Et peut-être n'est-il point inutile que le lecteur sache comment avaient été construits le fond et les parois de la cuve.

Afin d'éviter que les eaux qui entourent la construction, ne restassent en contact immédiat avec les murs soutenant tout l'établissement de la machinerie théâtrale, dont l'ensemble de charpentes, de menuiserie, de serrurerie, de toiles peintes à la détrempe doit être tout spécialement préservé de l'humidité, *l'architecte s'est vu dans la nécessité d'établir partout une double enveloppe.*

Le travail de cette double enveloppe demanda toute une année. C'est contre le mur de la première enveloppe intérieure que frappait le Persan, en parlant à Raoul de la demeure du Lac. Pour quelqu'un qui eût connu l'architecture du monument, le geste du Persan semblait indiquer que *la mystérieuse maison d'Erik avait été construite dans la double enveloppe*, formée d'un gros mur construit en batardeau, puis par un mur de briques, une énorme couche de ciment et un autre mur de plusieurs mètres d'épaisseur.

Aux paroles du Persan, Raoul s'était jeté contre la paroi, et avidement avait écouté.

... Mais il n'entendit rien... rien que des pas lointains qui résonnaient sur le plancher dans les parties hautes du théâtre.

Le Persan avait à nouveau éteint sa lanterne.

« Attention ! fit-il... gare à la main ! et maintenant silence ! car nous allons essayer encore de pénétrer chez lui. »

Et il l'entraîna jusqu'au petit escalier que tout à l'heure ils avaient descendu.

... Ils remontèrent, s'arrêtant à chaque marche, épiant l'ombre et le silence...

Ainsi se retrouvèrent-ils au troisième dessous...

Le Persan fit alors signe à Raoul de se mettre à genoux, et c'est ainsi, en se traînant sur les genoux et sur une main — l'autre main étant toujours dans la position indiquée — qu'ils arrivèrent contre la paroi du fond.

Contre cette paroi, il y avait une vaste toile abandonnée du décor du *Roi de Lahore*.

... Et, tout près de ce décor, un portant...

Entre ce décor et ce portant, il y avait tout juste la place d'un corps.

... Un corps, qu'un jour on avait trouvé pendu... le corps de Joseph Buquet.

Le Persan, toujours sur ses genoux, s'était arrêté. Il écoutait.

Un moment, il sembla hésiter et regarda

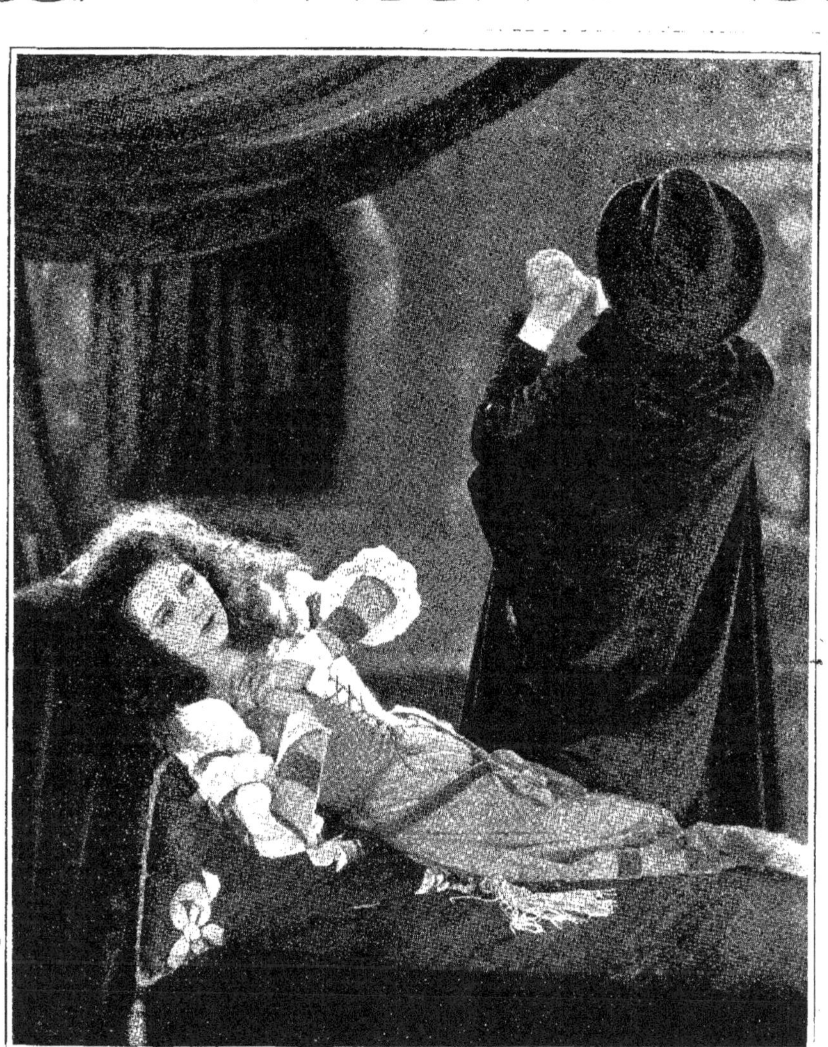

Muette d'horreur, Christine écoutait la lamentation d'Erik.

Le supplice de la forêt magique produisait son effet sur Raoul, et c'est en vain que le Persan essayait de le combattre en raisonnant le plus tranquillement du monde le pauvre vicomte.

— Je te disais qu'il y avait quelqu'un!... La vois-tu maintenant, la fenêtre? la fenêtre lumineuse!... Tout là-haut!... Elle sert à regarder dans la chambre des supplices!

Universal Film.

— *Si, dans deux minutes, mademoiselle, vous n'avez pas tourné le scorpion, moi je tourne la sauterelle... et la sauterelle, ça saute joliment bien !...*

Raoul, puis ses yeux se fixèrent au-dessus, vers le deuxième dessous, qui leur envoyait la faible lueur d'une lanterne, dans l'intervalle de deux planches.

Evidemment, cette lueur gênait le Persan.

Enfin, il hocha la tête et se décida.

Il se glissa entre le portant et le décor du *Roi de Lahore.*

Raoul était sur ses talons.

La main libre du Persan tâtait la paroi. Raoul le vit un instant appuyer fortement sur la paroi, comme il avait appuyé sur le mur de la loge de Christine...

... Et une pierre bascula...

Il y avait maintenant un trou dans la paroi...

Le Persan sortit cette fois son pistolet de sa poche et indiqua à Raoul qu'il devait l'imiter. Il arma le pistolet.

Et résolument, toujours à genoux, il s'engagea dans le trou que la pierre, en basculant, avait fait dans le mur.

Raoul, qui avait voulu passer le premier, dut se contenter de le suivre.

Ce trou était fort étroit. Le Persan s'arrêta presque tout de suite. Raoul l'entendait tâter la pierre autour de lui. Et puis, il sortit encore sa lanterne sourde et se pencha en avant, examina quelque chose sous lui et éteignit aussitôt la lanterne. Raoul l'entendit qui lui disait dans un souffle :

« Il va falloir nous laisser tomber de quelques mètres, sans bruit ; défaites vos bottines. »

Le Persan procédait déjà lui-même à cette opération. Il passa ses chaussures à Raoul.

« Déposez-les, fit-il, au delà du mur... Nous les retrouverons en sortant (1). »

Sur ce, le Persan avança un peu. Puis, il se retourna tout à fait, toujours à genoux et se trouva ainsi tête à tête avec Raoul. Il lui dit :

« Je vais me suspendre par les mains à l'extrémité de la pierre et me laisser tomber *dans sa maison.* Ensuite, vous ferez exactement

comme moi. N'ayez crainte : je vous recevrai dans mes bras.

Le Persan fit comme il le disait ; et, au-dessous de lui, Raoul entendit bientôt un bruit sourd qui était produit évidemment par la chute du Persan. Le jeune homme tressaillit dans la crainte que ce bruit ne révélât leur présence.

Cependant, plus que ce bruit, l'absence de tout autre bruit était pour Raoul un affreux sujet d'angoisse. Comment ! d'après le Persan, ils venaient de pénétrer dans les murs mêmes de la demeure du Lac, et l'on n'entendait point Christine !... Pas un cri !... Pas un appel !... Pas un gémissement !... Grands dieux ! arriveraient-ils trop tard ?...

Raclant, de ses genoux, la muraille, s'accrochant à la pierre de ses doigts nerveux, Raoul, à son tour, se laissa tomber.

Et aussitôt il sentit une étreinte.

« C'est moi ! fit le Persan, silence ! »

Et ils restèrent immobiles, écoutant...

Jamais, autour d'eux, la nuit n'avait été plus opaque...

Jamais le silence plus pesant ni plus terrible.

Raoul s'enfonçait les ongles dans les lèvres pour ne pas hurler : « Christine ! C'est moi !... Réponds-moi, si tu n'es pas morte, Christine ? »

Enfin, le jeu de la lanterne sourde recommença. Le Persan en dirigea les rayons au-dessus de leurs têtes, contre la muraille, cherchant le trou par lequel ils étaient venus et ne le trouvant plus...

« Oh ! fit-il... la pierre s'est refermée d'elle-même. »

Et le jet lumineux de la lanterne descendit le long du mur, puis jusqu'au parquet.

Le Persan se baissa et ramassa quelque chose, une sorte de fil qu'il examina une seconde et rejeta avec horreur.

« *Le fil du Pendjab !* murmura-t-il.

— Qu'est-ce ? demanda Raoul.

— Ça, répondit le Persan en frissonnant, ça pourrait bien être la corde du pendu que l'on a tant cherché !... »

Et, subitement pris d'une anxiété nouvelle, il promena le petit disque rouge de sa lanterne sur les murs... Ainsi il éclaira, événement bizarre, un tronc d'arbre qui semblait encore tout vivant avec ses feuilles... et les branches

<hr>

(1) On n'a jamais retrouvé ces deux paires de bottines qui avaient été déposées, d'après les papiers du Persan, juste entre le portant et le décor du *Roi de Lahore*, à l'endroit où l'on avait trouvé Joseph Buquet pendu. Elles ont dû être prises par quelque machiniste ou « fermeur de portes ».

de cet arbre montaient le long de la muraille et allaient se perdre dans le plafond.

A cause de la petitesse du disque lumineux, il était difficile d'abord de se rendre compte des choses... on voyait un coin de branches... et puis une feuille... et une autre... et à côté, on ne voyait rien du tout... rien que le jet lumineux qui semblait se refléter lui-même... Raoul glissa sa main sur ce rien du tout, sur ce reflet...

« Tiens ! fit-il.. .le mur, c'est une glace !

— Oui, une glace ! dit le Persan, sur le ton de l'émotion la plus profonde. Et il ajouta, en passant sa main qui tenait le pistolet sur son front en sueur :

— Nous sommes tombés dans la chambre des supplices ! »

IX

INTÉRESSANTES ET INSTRUCTIVES TRIBULATIONS D'UN
PERSAN DANS LES DESSOUS DE L'OPÉRA

Récit du Persan.

Le Persan a raconté lui-même comment il avait vainement tenté, jusqu'à cette nuit-là, de pénétrer dans la demeure du Lac par le lac ; comment il avait découvert l'entrée du troisième dessous, et comment, finalement, le vicomte de Chagny et lui se trouvèrent aux prises avec l'infernale imagination du fantôme dans la *chambre des supplices*. Voici le récit écrit qu'il nous a laissé (dans des conditions qui seront précisées plus tard) et auquel je n'ai pas changé un mot. Je le donne tel quel, parce que je n'ai pas cru devoir passer sous silence les aventures personnelles du daroga autour de la maison du Lac, avant qu'il y tombât de compagnie avec Raoul. Si, pendant quelques instants, ce début fort intéressant semble un peu nous éloigner de la chambre des supplices, ce n'est que pour mieux nous y ramener tout de suite, après vous avoir expliqué des choses fort importantes et certaines attitudes et manières de faire du Persan, qui ont pu paraître bien extraordinaires.

« C'était la première fois que je pénétrais dans la maison du Lac, écrit le Persan. En vain, avais-je prié *l'amateur de trappes* — c'est ainsi que, chez nous, en Perse, on appelait Erik — de m'en ouvrir les mystérieuses portes. Il s'y était toujours refusé. Moi qui étais payé pour connaître beaucoup de ses secrets et de ses trucs, j'avais en vain essayé, par ruse, de forcer la consigne. Depuis que j'avais retrouvé Erik à l'Opéra, où il semblait avoir élu domicile, souvent, je l'avais épié, tantôt dans les couloirs du dessus, tantôt dans ceux du dessous, tantôt sur la rive même du Lac, alors qu'il se croyait seul, qu'il montait dans la petite barque et qu'il abordait directement au mur d'en face. Mais l'ombre qui l'entourait était toujours trop opaque, pour me permettre de voir à quel endroit exact il faisait jouer sa porte dans le mur. La curiosité et aussi une idée redoutable, qui m'était venue en réfléchissant à quelques propos que le monstre m'avait tenus, me poussèrent, un jour que je me croyais seul à mon tour, à me jeter dans la petite barque et à la diriger vers cette partie du mur où j'avais vu disparaître Erik. C'est alors que j'avais eu affaire à la Sirène qui gardait les abords de ces lieux, et dont le charme avait failli m'être fatal, dans les conditions précises que voici. Je n'avais pas plus tôt quitté la rive, que le silence parmi lequel je naviguais fut insensiblement troublé par une sorte de souffle chantant qui m'entoura. C'était à la fois une respiration et une musique : cela montait doucement des eaux du Lac et j'en étais enveloppé sans que je pusse découvrir par quel artifice. Cela me suivait, se déplaçait avec moi, et cela était si suave, que cela ne me faisait pas peur. Au contraire, dans le désir de me rapprocher de la source de cette douce et captivante harmonie, je me penchai, au-dessus de ma petite barque, vers les eaux, car il ne faisait point de doute pour moi que ce chant venait des eaux elles-mêmes. J'étais déjà au milieu du Lac et il n'y avait personne d'autre dans la barque que moi ; la voix, — car c'était bien maintenant distinctement une voix, — était à côté de moi, sur les eaux. Je me penchai... Je me penchai encore... Le Lac était d'un calme parfait et le rayon de lune qui, après avoir passé par le soupirail de la rue Scribe, venait l'éclairer, ne me montra absolument rien sur sa surface lisse et noire comme de l'encre. Je me secouai un peu les oreilles dans le dessein de me débarrasser d'un bourdonnement possible, mais je dus me rendre à cette évidence qu'il n'y a point de bourdonnement d'oreilles si harmonieux que le souffle chantant qui me suivait et qui maintenant m'attirait.

Si j'avais été un esprit superstitieux ou facilement accessible aux fables, je n'aurais point manqué de penser que j'avais affaire à quelque sirène chargée de troubler le voyageur assez hardi pour voyager sur les eaux de la maison du Lac, mais, Dieu merci ! je suis d'un pays où l'on aime trop le fantastique pour ne point le connaître à fond et je l'avais moi-même trop étudié jadis ; avec les trucs les plus simples, quelqu'un qui connaît son métier peut faire travailler la pauvre imagination humaine.

Je ne doutai donc point que je me trouvais aux prises avec une nouvelle invention d'Erik, mais encore une fois cette invention était si parfaite que, en me penchant au-dessus de la petite barque, j'étais moins poussé par le désir d'en découvrir la supercherie que de jouir de son charme.

Et je me penchai, je me penchai... à chavirer.

Tout à coup, deux bras monstrueux sortirent du sein des eaux et m'agrippèrent le cou, m'entraînant dans le gouffre avec une force irrésistible. J'étais certainement perdu, si je n'avais eu le temps de jeter un cri auquel Erik me reconnut.

Car c'était lui, et au lieu de me noyer, comme il en avait eu certainement l'intention, il nagea et me déposa doucement sur la rive.

« Vois comme tu es imprudent, me dit-il en se dressant devant moi tout ruisselant de cette eau d'enfer. Pourquoi tenter d'entrer dans ma demeure ! Je ne t'ai pas invité. Je ne veux ni de toi, ni de personne au monde ! Ne m'as-tu sauvé la vie que pour me la rendre insupportable ? Si grand que soit le service rendu, Erik finira peut-être par l'oublier et tu sais que rien ne peut retenir Erik, pas même Erik lui-même. »

Il parlait, mais maintenant je n'avais d'autre désir que de connaître ce que j'appelais déjà *le truc de la sirène*. Il voulut bien contenter ma curiosité, car Erik, qui est un vrai monstre — pour moi, c'est ainsi que je le juge, ayant eu, hélas ! en Perse, l'occasion de le voir à l'œuvre — est encore par certains côtés un véritable enfant présomptueux et vaniteux, et il n'aime rien tant, après avoir étonné son monde, que de prouver toute l'ingéniosité vraiment miraculeuse de son esprit.

Il se mit à rire et me montra une longue tige de roseau.

« C'est bête comme chou ! me dit-il, mais c'est bien commode pour respirer et pour chanter dans l'eau ! C'est un truc que j'ai appris aux pirates du Tonkin, qui peuvent ainsi rester cachés des heures entières au fond des rivières (1). »

Je lui parlai sévèrement.

« C'est un truc qui a failli me tuer, fis-je... et il a été peut-être fatal à d'autres ! »

Il ne me répondit pas, mais il se leva devant moi avec cet air de menace enfantine que je lui connais bien.

Je ne m'en « laissai pas imposer ». Je lui dis très net :

« Tu sais ce que tu m'as promis, Erik ! plus de crimes !

— Est-ce que vraiment, demanda-t-il en prenant un air aimable, j'ai commis des crimes ?

— Malheureux !... m'écriai-je !... Tu as donc oublié *les heures roses de Mazenderan ?*

— Oui, répondit-il, triste tout à coup, j'aime mieux les avoir oubliées, mais j'ai bien fait rire la petite sultane.

— Tout cela, déclarai-je, c'est du passé... mais il y a le présent... et tu me dois compte du présent, puisque, si je l'avais voulu, il n'existerait pas pour toi !... Souviens-toi de cela, Erik : je t'ai sauvé la vie ! »

Et je profitai du tour qu'avait pris la conversation pour lui parler d'une chose qui, depuis quelque temps, me revenait souvent à l'esprit.

____

(1) Un rapport administratif, venu du Tonkin et arrivé à Paris fin juillet 1900, raconte comment le célèbre chef de bande le De Tham, traqué avec ses pirates par nos soldats, put leur échapper, ainsi que tous les siens, grâce au jeu des roseaux.

« Erik, demandai-je... Erik, jure-moi...

— Quoi ? fit-il, tu sais bien que je ne tiens pas mes serments. Les serments sont faits pour attraper les nigauds.

— Dis-moi... Tu peux bien me dire ça, à moi ?

— Eh bien ?

— Eh bien !... Le lustre... le lustre ? Erik...

— Quoi, le lustre ?

— Tu sais bien ce que je veux dire ?

— Ah ! ricana-t-il, ça, le lustre... je veux bien te le dire !... *Le lustre, ça n'est pas moi !...* Il était très usé, le lustre... »

Quand il riait, Erik était plus effrayant encore. Il sauta dans la barque en ricanant d'une façon si sinistre que je ne pus m'empêcher de trembler.

« Très usé, cher *Daroga !* (1) Très usé, le lustre !... Il est tombé tout seul... Il a fait boum ! Et maintenant, un conseil, Daroga, va te sécher si tu ne veux pas attraper un rhume de cerveau !... et ne remonte jamais dans ma barque... et surtout n'essaie pas d'entrer dans ma maison... je ne suis pas toujours là... Daroga ! Et j'aurais du chagrin à te dédier *ma Messe des morts !* »

Ce disant et ricanant, il était debout à l'arrière de sa barque et godillait avec un balancement de singe. Il avait bien l'air alors du fatal nocher, avec ses yeux d'or en plus. Et puis, je ne vis bientôt plus que ses yeux et enfin il disparut dans la nuit du lac.

C'est à partir de ce jour que je renonçai à pénétrer dans sa demeure par le lac ! Evidemment, cette entrée-là était trop bien gardée, surtout depuis qu'il savait que je la connaissais. Mais je pensais bien qu'il devait s'en trouver une autre, car plus d'une fois j'avais vu disparaître Erik dans le troisième dessous, alors que je le surveillais et sans que je pusse imaginer comment. Je ne saurais trop le répéter, depuis que j'avais retrouvé Erik, installé à l'Opéra, je vivais dans une perpétuelle terreur de ses horribles fantaisies, non point en ce qui pouvait me concerner, certes, mais je redoutais tout de lui pour les autres (2). Et quand il arrivait

quelque accident, quelque événement fatal, je ne manquais point de me dire : « C'est peut-être Erik !... » comme d'autres disaient autour de moi : « C'est le Fantôme !... » Que de fois n'ai-je point entendu prononcer cette phrase par des gens qui souriaient ! Les malheureux ! s'ils avaient su que ce fantôme existait en chair et en os et était autrement terrible que l'ombre vaine qu'ils évoquaient, je jure bien qu'ils eurent cessé de se moquer !... S'ils avaient su seulement ce dont Erik était capable, surtout dans un champ de manœuvre comme l'Opéra ! Et s'ils avaient connu le fin fond de ma pensée redoutable !...

Pour moi, je ne vivais plus !.. Bien qu'Erik m'eût annoncé fort solennellement qu'il avait bien changé et qu'il était devenu le plus vertueux des hommes, *depuis qu'il était aimé pour lui-même*, phrase qui me laissa sur le coup affreusement perplexe, je ne pouvais m'empêcher de frémir en songeant au monstre. Son horrible, unique et repoussante laideur le mettait au ban de l'humanité, et il m'était apparu bien souvent qu'il ne se croyait plus, par cela même, aucun devoir vis-à-vis de la race humaine. La façon dont il m'avait parlé de ses amours n'avait fait qu'augmenter mes transes, car je prévoyais, dans cet événement auquel il avait fait allusion, sur un ton de hâblerie que je lui connaissais, la cause de drames nouveaux et plus affreux que tout le reste. Je savais jusqu'à quel degré de sublime et désastreux désespoir pouvait aller la douleur d'Erik, et les propos qu'il m'avait tenus — vaguement annonciateurs de la plus horrible catastrophe — ne cessaient point d'habiter ma pensée redoutable.

D'autre part, j'avais découvert le bizarre commerce moral qui s'était établi entre le monstre et Christine Daaé. Caché dans la

____

(1) Daroga, en Perse, commandant général de la police du gouvernement.

(2) Ici, le Persan aurait pu avouer que le sort d'Erik l'intéressait également pour lui-même, car il n'ignorait point que si le gouvernement de Téhéran eût appris qu'Erik était encore vivant, c'en était fait de la modeste pension de l'ancien *Daroga.* Il est juste, du reste, d'ajouter que le Persan avait un cœur noble et généreux et nous ne doutons point que les catastrophes qu'il redoutait pour les autres n'aient occupé fortement son esprit. Sa conduite, du reste, dans toute cette affaire, le prouve suffisamment et est au-dessus de tout éloge.

chambre de débarras qui fait suite à la loge de la jeune diva, j'avais assisté à des séances admirables de musique, qui plongeaient évidemment Christine dans une merveilleuse extase, mais tout de même je n'eus point pensé que la voix d'Erik — qui était retentissante comme le tonnerre ou douce comme celle des anges, à volonté — pût faire oublier sa laideur. Je compris tout quand je découvris que Christine ne l'avait pas encore vu ! J'eus l'occasion de pénétrer dans la loge et, me souvenant des leçons qu'autrefois il m'avait données, je n'eus point de peine à trouver le truc qui faisait pivoter le mur qui supportait la glace, et je constatai par quel truchement de briques creuses, de briques porte-voix, il se faisait entendre de Christine comme s'il avait été à ses côtés. Par là aussi, je découvris le chemin qui conduit à la fontaine et au cachot — au cachot des communards — et aussi la trappe qui devait permettre à Erik de s'introduire directement dans les dessous de la scène.

Quelques jours plus tard, quelle ne fut pas ma stupéfaction d'apprendre, de mes propres yeux et de mes propres oreilles qu'Erik et Christine Daaé se voyaient, et de surprendre le monstre, penché sur la petite fontaine qui pleure, dans le chemin des communards (tout au bout, sous la terre) et en train de rafraîchir le front de Christine Daaé évanouie. Un cheval blanc, le cheval du *Prophète*, qui avait disparu des écuries des dessous de l'Opéra, se tenait tranquillement auprès d'eux. Je me montrai. Ce fut terrible. Je vis des étincelles partir de deux yeux d'or et je fus, avant que j'aie pu dire un mot, frappé, en plein front, d'un coup qui m'étourdit. Quand je revins à moi, Erik, Christine et le cheval blanc avaient disparu. Je ne doutais point que la malheureuse ne fût prisonnière dans la demeure du Lac. Sans hésitation, je résolus de retourner sur la rive, malgré le danger certain d'une pareille entreprise. Pendant vingt-quatre heures je guettai, caché près de la berge noire, l'apparition du monstre, car je pensais bien qu'il devait sortir, forcé qu'il était d'aller faire ses provisions. Et à ce propos, je dois dire que, quand il sortait dans Paris ou qu'il osait se montrer en public, il mettait à la place de son horrible trou de nez, un nez de carton pâte garni d'une moustache,

ce qui ne lui enlevait point tout à fait son air macabre, puisque, lorsqu'il passait, on disait derrière lui : « Tiens, voilà le père Trompe-la-Mort qui passe », mais ce qui le rendait à peu près — je dis à peu près — supportable à voir.

J'étais donc à le guetter sur la rive du Lac, — du Lac Averne, comme il avait appelé, plusieurs fois, devant moi, en ricanant, son lac — et fatigué de ma longue patience, je me disais encore : Il est passé par une autre porte, celle du « troisième dessous », quand j'entendis un petit clapotis dans le noir, je vis les deux yeux d'or briller comme des fanaux, et bientôt la barque abordait. Erik sautait sur le rivage et venait à moi.

« Voilà vingt-quatre heures que tu es là, me dit-il ; tu me gênes ! je t'annonce que tout cela finira très mal ! Et c'est bien toi qui l'auras voulu ! car ma patience est prodigieuse pour toi !... Tu crois me suivre, immense niais, — (textuel) — et c'est moi qui te suis, et je sais tout ce que tu sais de moi, ici. Je t'ai épargné hier, dans *mon chemin des communards ;* mais je te le dis, en vérité, que je ne t'y revoie plus ! Tout cela est bien imprudent, ma parole ; et je me demande si tu sais encore ce que parler veut dire ! »

Il était si fort en colère que je n'eus garde, dans l'instant, de l'interrompre. Après avoir soufflé comme un phoque, il précisa son horrible pensée — qui correspondait à ma pensée redoutable.

« Oui, il faut savoir une fois pour toutes — une fois pour toutes, c'est dit — ce que parler veut dire ! Je te dis qu'avec tes imprudences — car tu t'es fait déjà arrêter deux fois par l'ombre au chapeau de feutre, qui ne savait pas ce que tu faisais dans les dessous et qui t'a conduit aux directeurs, lesquels t'ont pris pour un fantasque Persan amateur de trucs de féerie et de coulisses de théâtre (j'étais là... oui, j'étais là dans le bureau ; tu sais bien que je suis partout) — je te dis donc qu'avec tes imprudences, on finira par se demander ce que tu cherches ici... et on finira par savoir que tu cherches Erik... et on voudra, comme toi, chercher Erik... et on découvrira la maison du Lac. Alors, tant pis, mon vieux ! tant pis !... Je ne réponds plus de rien ! »

Il souffla encore comme un phoque.

« De rien !... Si les secrets d'Erik ne restent pas les secrets d'Erik, tant pis pour *beaucoup de ceux de la race humaine !* C'est tout ce que j'avais à te dire et, à moins que tu ne sois un immense niais — (textuel) — cela devrait te suffire ; à moins que tu ne saches ce que parler veut dire !... »

Il s'était assis sur la partie arrière de sa barque et tapait le bois de la petite embarcation avec ses talons, en attendant ce que j'avais à lui répondre ; je lui dis simplement :

« Ce n'est pas Erik que je viens chercher ici !...

— Et qui donc ?

— Tu le sais bien : c'est Christine Daaé ! »

Il me répliqua :

« J'ai bien le droit de lui donner rendez-vous chez moi. Je suis aimé pour moi-même.

— Ce n'est pas vrai, fis-je ; tu l'as enlevée et tu la retiens prisonnière !

— Ecoute, me dit-il, me promets-tu de ne plus t'occuper de mes affaires si je te prouve que je suis aimé pour moi-même ?

— Oui, je te le promets, répondis-je sans hésitation, car je pensais bien que, pour un tel monstre, telle preuve était impossible à faire.

— Eh bien, voilà ! c'est tout à fait simple !... Christine Daaé sortira d'ici comme il lui plaira et y reviendra !... Oui, y reviendra ! parce que cela lui plaira... y reviendra d'elle-même, parce qu'elle m'aime pour moi-même !...

— Oh ! je doute qu'elle revienne !... Mais c'est ton devoir de la laisser partir.

— Mon devoir, immense niais — (textuel). — C'est ma volonté... ma volonté de la laisser partir, et elle reviendra... car elle m'aime !... Tout cela, je te dis, finira par un mariage... un mariage à la Madeleine, immense niais (textuel). Me crois-tu, à la fin ? Quand je te dis que ma messe de mariage est déjà écrite... tu verras ce *Kyrie...* »

Il tapota encore ses talons sur le bois de la barque, dans une espèce de rythme qu'il accompagnait à mi-voix en chantant : « *Kyrie !... Kyrie !... Kyrie eleison !...* Tu verras, tu verras cette messe !

— Ecoute, concluai-je, je te croirai si je vois Christine Daaé sortir de la maison du Lac et y revenir librement !

— Et tu ne t'occuperas plus de mes affaires ?

Eh bien ! tu verras cela ce soir... Viens au bal masqué. Christine et moi nous irons y faire un petit tour... Tu iras ensuite te cacher dans la chambre de débarras et tu verras que Christine, qui aura regagné sa loge, ne demandera pas mieux que de reprendre le chemin des communards.

— C'est entendu ! »

Si je voyais cela, en effet, je n'aurais qu'à m'incliner, car une très belle personne a toujours le droit d'aimer le plus horrible monstre, surtout quand, comme celui-ci, il a la séduction de la musique et quand cette personne est justement une très distinguée cantatrice.

« Et maintenant, va-t'en ! car il faut que je parte pour aller faire mon marché !...

Je m'en allai donc, toujours inquiet du côté de Christine Daaé, mais ayant surtout, au fond de moi-même, une pensée redoutable, depuis qu'il l'avait réveillée si formidablement à propos de mes imprudences.

Je me disais : « Comment tout cela va-t-il finir ? » Et, bien que je fusse assez fataliste de tempérament, je ne pouvais me défaire d'une indéfinissable angoisse à cause de l'incroyable responsabilité que j'avais prise un jour, en laissant vivre le monstre qui menaçait aujourd'hui *beaucoup de ceux de la race humaine.*

A mon prodigieux étonnement, les choses se passèrent comme il me l'avait annoncé. Christine Daaé sortit de la maison du Lac et y revint plusieurs fois sans qu'apparemment elle y fût forcée. Mon esprit voulut alors se détacher de cet amoureux mystère, mais il était fort difficile, surtout pour moi — à cause de la redoutable pensée — de ne point songer à Erik. Toutefois, résigné à une extrême prudence, je ne commis point la faute de retourner sur les bords du Lac, ni de reprendre le chemin des communards. Mais la hantise de la porte secrète du troisième dessous me poursuivant, je me rendis plus d'une fois directement dans cet endroit que je savais désert, le plus souvent dans la journée. J'y faisais des stations interminables en me tournant les pouces et caché par un décor du *Roi de Lahore*, qu'on avait laissé là, je ne sais pas pourquoi, car on ne jouait pas souvent le *Roi de Lahore*. Tant de patience devait être récompensée. Un jour, je vis venir à moi, sur ses genoux, le monstre.

J'étais certain qu'il ne me voyait pas. Il passa entre le décor qui se trouvait là et un portant, alla jusqu'à la muraille et agit, à un endroit que je précisai de loin, sur un ressort qui fit basculer une pierre, lui ouvrant un passage. Il disparut par ce passage et la pierre se referma derrière lui. J'avais le secret du monstre, secret qui pouvait, à mon heure, me livrer la demeure du Lac.

Pour m'en assurer, j'attendis au moins une demi-heure et fis, à mon tour, jouer le ressort. Tout se passa comme pour Erik. Mais je n'eus garde de pénétrer moi-même dans le trou, sachant Erik chez lui. D'autre part, l'idée que je pouvais être surpris ici par Erik, me rappela soudain la mort de Joseph Buquet et, ne voulant point compromettre une pareille découverte, qui pouvait être utile à beaucoup de monde, *à beaucoup de ceux de la race humaine*, je quittai les dessous du théâtre, après avoir soigneusement remis la pierre en place, suivant un système qui n'avait point varié depuis la Perse.

Vous pensez bien que j'étais toujours très intéressé par l'intrigue d'Erik et de Christine Daaé, non point que j'obéisse en la circonstance à une maladive curiosité, mais bien à cause, comme je l'ai déjà dit, de cette pensée redoutable qui ne me quittait pas : « Si, pensai-je, Erik découvre qu'il n'est pas aimé pour lui-même, nous pouvons nous attendre à tout. » Et, ne cessant d'errer — prudemment — dans l'Opéra, j'appris bientôt la vérité sur les tristes amours du monstre. Il occupait l'esprit de Christine par la terreur, mais le cœur de la douce enfant appartenait tout entier au vicomte Raoul de Chagny. Pendant que ceux-ci jouaient tous deux, comme deux innocents fiancés, dans les dessus de l'Opéra — fuyant le monstre — ils ne se doutaient pas que quelqu'un veillait sur eux. J'étais décidé à tout : à tuer le monstre s'il le fallait et à donner des explications ensuite à la justice. Mais Erik ne se montra pas — et je n'en étais pas plus rassuré pour cela.

Il faut que je dise tout mon calcul. Je croyais que le monstre, chassé de sa demeure par la jalousie, me permettrait ainsi de pénétrer sans péril dans la maison du Lac, par le passage du troisième dessous. J'avais tout intérêt, pour tout le monde, à savoir exactement ce qu'il pou-

vait bien y avoir là dedans ! Un jour, fatigué d'attendre une occasion, je fis jouer la pierre et aussitôt j'entendis une musique formidable ; le monstre travaillait, toutes portes ouvertes chez lui, à son *Don Juan triomphant*. Je savais que c'était là l'œuvre de sa vie. Je n'avais garde de bouger et je restai prudemment dans mon trou obscur. Il s'arrêta un moment de jouer et se prit à marcher à travers sa demeure, comme un fou. Et il dit tout haut, d'une voix retentissante : « Il faut que tout cela soit fini *avant* ! Bien fini ! » Cette parole n'était pas encore pour me rassurer et, comme la musique reprenait, je fermai la pierre tout doucement. Or, malgré cette pierre fermée, j'entendais encore un vague chant lointain, lointain, qui montait du fond de la terre, comme j'avais entendu le chant de la sirène monter du fond des eaux. Et je me rappelai les paroles de quelques machinistes, dont on avait souri au moment de la mort de Joseph Buquet : « Il y avait autour du corps du pendu comme un bruit qui ressemblait au chant des morts. »

Le jour de l'enlèvement de Christine Daaé, je n'arrivai au théâtre qu'assez tard dans la soirée et tremblant d'apprendre de mauvaises nouvelles. J'avais passé une journée atroce, car je n'avais cessé, depuis la lecture d'un journal du matin annonçant le mariage de Christine et du vicomte de Chagny, de me demander si, après tout, *je ne ferais pas mieux de dénoncer le monstre*. Mais la raison me revint et je restai persuadé qu'une telle attitude ne pouvait que précipiter la catastrophe possible.

Quand ma voiture me déposa devant l'Opéra, je regardai ce monument comme si j'étais étonné, en vérité, *de le voir encore debout !*

Mais je suis, comme tout bon Oriental, un peu fataliste et j'entrai, *m'attendant à tout !*

L'enlèvement de Christine Daaé à l'acte de la prison, qui surprit naturellement tout le monde, me trouva préparé. C'était sûr qu'Erik l'avait escamotée, comme le roi des prestidigitateurs qu'il est, en vérité. Et je pensai bien que cette fois c'était la fin pour Christine *et peut-être pour tout le monde.*

Si bien qu'un moment je me demandai si je n'allais pas conseiller à tous ces gens, qui s'attardaient au théâtre, de se sauver. Mais encore je fus arrêté dans cette pensée de dénonciation, par la certitude où j'étais que l'on me prendrait pour un fou. Enfin, je n'ignorais pas que si, par exemple, je criais pour faire sortir tous ces gens : « Au feu ! » je pouvais être la cause d'une catastrophe, étouffements dans la fuite, piétinements, luttes sauvages, — pire que la catastrophe elle-même.

Toutefois, je me résolus à agir sans plus tarder, personnellement. Le moment me semblait, du reste, propice. J'avais beaucoup de chances pour qu'Erik ne songeât, à cette heure, qu'à sa captive. Il fallait en profiter pour pénétrer dans sa demeure par le troisième dessous et je pensai, pour cette entreprise, à m'adjoindre ce pauvre petit désespéré de vicomte, qui, au premier mot, accepta avec une confiance en moi qui me toucha profondément ; j'avais envoyé chercher mes pistolets par mon domestique. Darius nous rejoignit avec la boîte dans la loge de Christine. Je donnai un pistolet au vicomte et lui conseillai d'être prêt à tirer comme moi-même, car, après tout, Erik pouvait nous attendre derrière le mur. Nous devions passer par le chemin des communards et par la trappe.

Le petit vicomte m'avait demandé, en apercevant mes pistolets, si nous allions nous battre en duel ? Certes ! et je dis : Quel duel ! Mais je n'eus pas le temps, bien entendu, de rien lui expliquer. Le petit vicomte est brave, mais tout de même il ignorait à peu près tout de son adversaire ! Et c'était tant mieux !

Qu'est-ce qu'un duel avec le plus terrible des bretteurs à côté d'un combat avec le plus génial des prestidigitateurs ? Moi-même, je me faisais difficilement à cette pensée que j'allais entrer en lutte avec un homme qui n'est visible au fond que lorsqu'il le veut et qui, en revanche, voit tout autour de lui, quand toute chose pour vous reste obscure !... Avec un homme dont la science bizarre, la subtilité, l'imagination et l'adresse lui permettent de disposer de toutes les forces naturelles, combinées pour créer à vos yeux ou à vos oreilles l'illusion qui vous perd !... Et cela, dans les dessous de l'Opéra, c'est-à-dire au pays même de la fantasmagorie ! Peut-on imaginer cela sans frémir ? Peut-on seulement avoir une idée de ce qui pourrait arriver aux yeux ou aux oreilles d'un habitant de l'Opéra, si on avait enfermé dans l'Opéra — dans ses cinq dessous et ses

vingt-cinq dessus — un Robert-Houdin féroce et « rigolo », tantôt qui se moque et tantôt qui hait ! tantôt qui vide les poches et tantôt qui tue !... Pensez-vous à cela : « Combattre l'amateur de trappes ? » — Mon Dieu ! en a-t-il fabriqué chez nous, dans tous nos palais, de ces étonnantes trappes pivotantes qui sont les meilleures des trappes ! — Combattre l'amateur de trappes au pays des trappes !...

Si mon espoir était qu'il n'avait point quitté Christine Daaé dans cette demeure du Lac où il avait dû la transporter, une fois encore, évanouie, ma terreur était qu'il fût déjà quelque part autour de nous, préparant *le lacet du Pendjab*.

Nul mieux que lui ne sait lancer le lacet du Pendjab et il est le prince des étrangleurs comme il est le roi des prestidigitateurs. Quand il avait fini de faire rire la petite sultane, au temps *des heures roses de Mazenderan*, celle-ci demandait elle-même à ce qu'il s'amusât à la faire frissonner. Et il n'avait rien trouvé de mieux que le jeu du lacet du Pendjab. Erik, qui avait séjourné dans l'Inde, en était revenu avec une adresse incroyable à étrangler. Il se faisait enfermer dans une cour où l'on amenait un guerrier, — le plus souvent un condamné à mort — armé d'une longue pique et d'une large épée. Erik, lui, n'avait que son lacet, et c'était toujours dans le moment que le guerrier croyait abattre Erik d'un coup formidable, que l'on entendait le lacet siffler. D'un coup de poignet, Erik avait serré le mince lasso au col de son ennemi, et il le traînait aussitôt devant la petite sultane et ses femmes qui regardaient à une fenêtre et applaudissaient. La petite sultane apprit, elle aussi, à lancer le lacet du Pendjab et tua ainsi plusieurs de ses femmes et même de ses amies en visite. Mais je préfère quitter ce sujet terrible *des heures roses de Mazenderan*. Si j'en ai parlé, c'est que je dus, étant arrivé avec le vicomte de Chagny dans les dessous de l'Opéra, mettre en garde mon compagnon contre une possibilité, toujours menaçante autour de nous, d'étranglement. Certes ! une fois dans les dessous, mes pistolets ne pouvaient plus nous servir à rien, car j'étais bien sûr que du moment qu'il ne s'était point opposé du premier coup à notre entrée dans le chemin des communards, Erik ne se laisserait plus voir. Mais il pouvait toujours nous étrangler. Je n'eus point le temps d'expliquer tout cela au vicomte et même je ne sais si, ayant disposé de ce temps, j'en aurais usé pour lui raconter qu'il y avait quelque part, dans l'ombre, un lacet du Pendjab prêt à siffler. C'était bien inutile de compliquer la situation et je me bornai à conseiller à M. de Chagny de tenir toujours sa main à hauteur de l'œil, le bras replié dans la position du tireur au pistolet qui attend le commandement de feu. Dans cette position, il est impossible, même au plus adroit étrangleur, de lancer utilement le lacet du Pendjab. En même temps que le cou, il vous prend le bras ou la main et ainsi ce lacet, que l'on peut facilement délacer, devient inoffensif.

Après avoir évité le commissaire de police et quelques fermeurs de portes, puis les pompiers, et rencontré pour la première fois le tueur de rats et passé inaperçu aux yeux de l'homme au chapeau de feutre, le vicomte et moi, nous parvînmes sans encombre dans le troisième dessous entre le portant et le décor du *Roi de Lahore*. Je fis jouer la pierre et nous sautâmes dans la demeure qu'Erik s'était construite dans la double enveloppe des murs de fondation de l'Opéra (*et cela, le plus tranquillement du monde, puisque Erik a été un des premiers entrepreneurs de maçonnerie de Charles Garnier, l'architecte de l'Opéra, et qu'il avait continué à travailler, mystérieusement, tout seul, quand les travaux étaient officiellement suspendus, pendant la guerre, le siège de Paris et la Commune*).

Je connaissais assez mon Erik pour caresser la présomption d'arriver à découvrir tous les trucs qu'il avait pu se fabriquer pendant tout ce temps-là : aussi n'étais-je nullement rassuré en sautant dans sa maison. Je savais ce qu'il avait fait de certain palais de Mazenderan. De la plus honnête construction du monde, il avait bientôt fait la maison du diable, où l'on ne pouvait plus prononcer une parole sans qu'elle fût espionnée ou rapportée par l'écho. Que de drames de famille ! que de tragédies sanglantes le monstre traînait derrière lui avec ses trappes ! Sans compter que l'on ne pouvait jamais, dans les palais qu'il avait « truqués », savoir exactement où l'on se trouvait. Il avait des inventions étonnantes. Certainement, la plus curieuse, la plus horrible et la plus dangereuse de toutes était *la chambre des supplices*. A moins des cas exceptionnels où la petite sultane s'amusait à faire souffrir le bourgeois, on n'y laissait guère entrer que les condamnés à mort. C'était, à mon avis, la plus atroce imagination des *heures roses de Mazenderan*. Aussi, quand le visiteur qui était entré dans *la chambre des supplices* en « avait assez », il lui était toujours permis d'en finir avec un lacet du Pendjab qu'on laissait à sa disposition au pied de l'arbre de fer !

Or, quel ne fut pas mon émoi, aussitôt après avoir pénétré dans la demeure du monstre, en m'apercevant que la pièce dans laquelle nous venions de sauter, M. le vicomte de Chagny et moi, était justement la reconstitution exacte de la chambre des supplices des *heures roses de Mazenderan*.

A nos pieds, je trouvai le lacet du Pendjab que j'avais tant redouté toute la soirée. J'étais convaincu que ce fil avait déjà servi pour Joseph Buquet. Le chef machiniste avait dû, comme moi, surprendre certain soir Erik au moment où il faisait jouer la pierre du troisième dessous. Curieux, il avait à son tour tenté le passage avant que la pierre se refermât et il était tombé dans la chambre des supplices, et il n'en était sorti que pendu. J'imaginai très bien Erik traînant le corps dont il voulait se débarrasser jusqu'au décor du *Roi de Lahore* et l'y suspendant, pour faire un exemple ou pour grossir *la terreur superstitieuse qui devait lui aider à garder les abords de la caverne !*

Mais, après réflexion, Erik revenait chercher le lacet du Pendjab, qui est très singulièrement fait de boyaux de chat et qui aurait pu exciter la curiosité d'un juge d'instruction. Ainsi s'expliquait la disparition de la corde de pendu.

Et voilà que je le découvrais à nos pieds, le lacet, dans la chambre des supplices !... Je ne suis point pusillanime, mais une sueur froide m'inonda le visage.

La lanterne, dont je promenais le petit disque rouge sur les parois de la trop fameuse chambre, tremblait dans ma main.

M. de Chagny s'en aperçut et me dit :

« Que se passe-t-il donc, monsieur ? »

Je lui fis signe violemment de se taire, car je pouvais avoir encore cette suprême espérance que nous étions dans la chambre des supplices, sans que le monstre n'en sût rien !

Et même, cette espérance-là n'était point le salut, car je pouvais encore très bien m'imaginer que, du côté du troisième dessous, la chambre des supplices était chargée de garder la *demeure du Lac*, et, cela, peut-être, automatiquement.

Oui, les supplices allaient peut-être commencer *automatiquement*.

Qui aurait pu dire quels gestes de nous ils attendaient pour cela ?

Je recommandai l'immobilité la plus absolue à mon compagnon.

Un écrasant silence pesait sur nous.

Et ma lanterne rouge continuait à faire le tour de la chambre des supplices... je la reconnaissais... je la reconnaissais...

X

DANS LA CHAMBRE DES SUPPLICES

Suite du récit du Persan.

Nous étions au centre d'une petite salle de forme parfaitement hexagonale... dont les six pans de murs étaient intérieurement garnis de glaces... du haut en bas... Dans les coins, on distinguait très bien les « rajouts » de glace... les petits secteurs destinés à tourner sur les tambours... oui, oui, je les reconnais... et je reconnais l'arbre de fer dans un coin, au fond de l'un de ces petits secteurs... l'arbre de fer, avec sa branche de fer... pour les pendus.

J'avais saisi le bras de mon compagnon. Le vicomte de Chagny était tout frémissant, tout prêt à crier à sa fiancée le secours qu'il lui apportait... Je redoutais qu'il ne pût se contenir.

Tout à coup, nous entendîmes du bruit à notre gauche.

Ce fut d'abord comme une porte qui s'ouvrait et se refermait, dans la pièce à côté, puis il y eut un sourd gémissement. Je retins plus fortement encore le bras de M. de Chagny, puis nous entendîmes distinctement ces mots :

« C'est à prendre ou à laisser ! La *messe de mariage* ou la *messe des morts*. »

Je reconnus la voix du monstre.

Il y eut encore un gémissement.

A la suite de quoi, un long silence.

J'étais persuadé, maintenant, que le monstre ignorait notre présence dans sa demeure, car s'il en eût été autrement, il se serait bien arrangé pour que nous ne l'entendions point. Il lui eût suffi pour cela de fermer hermétiquement la petite fenêtre invisible, par laquelle les amateurs de supplices regardent dans la chambre des supplices.

Et puis, j'étais sûr que s'il avait connu notre présence, les supplices eussent commencé tout de suite.

Nous avions donc, dès lors, un gros avantage sur Erik : nous étions à ses côtés et il n'en savait rien.

L'important était de ne le lui point faire savoir, et je ne redoutais rien tant que l'impulsion du vicomte de Chagny qui voulait se ruer à travers les murs pour rejoindre Christine Daaé, dont nous croyions entendre, par intervalles, le gémissement.

« La messe des morts, ce n'est point gai ! reprit la voix d'Erik, tandis que la messe de mariage, parlez-moi de cela ! c'est magnifique ! Il faut prendre une *résolution* et savoir ce que l'on veut ! Moi, il m'est impossible de continuer à vivre comme ça, au fond de la terre, dans un trou, comme une taupe ! *Don Juan triomphant est terminé*, maintenant je veux vivre comme tout le monde. Je veux avoir une femme comme tout le monde et nous irons nous promener le dimanche. J'ai inventé un masque qui me fait la figure de n'importe qui. On ne se retournera même pas. Tu seras la plus heureuse des femmes. Et nous chanterons pour nous tout seuls, à en mourir. Tu pleures ! Tu as peur de moi ! Je ne suis pourtant pas méchant au fond ! Aime-moi et tu verras ! *Il ne m'a manqué que d'être aimé pour être bon !* Si tu m'aimais, je serais doux comme un agneau et tu ferais de moi tout ce que tu voudrais. »

Bientôt le gémissement qui accompagnait cette sorte de litanie d'amour, grandit, grandit. Je n'ai jamais rien entendu de plus désespéré et M. de Chagny et moi reconnûmes que cette effrayante lamentation appartenait à Erik lui-même. Quant à Christine, elle devait, quelque part, peut-être de l'autre côté du mur que nous avions devant nous, se tenir, muette d'horreur, n'ayant plus la force de crier, avec le monstre à ses genoux.

Cette lamentation était sonore et grondante et râlante, comme la plainte d'un océan. Par trois fois, Erik sortit cette plainte du rocher de sa gorge.

« Tu ne m'aimes pas ! Tu ne m'aimes pas ! Tu ne m'aimes pas ! »

Et puis, il s'adoucit :

« Pourquoi pleures-tu ? Tu sais bien que tu me fais de la peine. »

Un silence.

Chaque silence pour nous était un espoir. Nous nous disions : « Il a peut-être quitté Christine derrière le mur. »

Et nous ne pensions qu'à la possibilité d'avertir Christine Daaé de notre présence, sans que le monstre se doutât de rien.

Nous ne pouvions sortir maintenant de la chambre des supplices que si Christine nous en ouvrait la porte ; et c'est à cette condition première que nous pouvions lui porter secours, car nous ignorions même où la porte pouvait se trouver autour de nous.

Tout à coup, le silence d'à côté fut troublé par le bruit d'une sonnerie électrique.

Il y eut un bondissement de l'autre côté du mur et la voix de tonnerre d'Erik :

« On sonne ! donnez-vous donc la peine d'entrer ! »

Un ricanement lugubre.

« Qui est-ce qui vient encore nous déranger ? Attends-moi un peu ici... *je m'en vais aller dire à la sirène d'ouvrir.* »

Et des pas s'éloignèrent, une porte se ferma. Je n'eus point le temps de songer à l'horreur nouvelle qui se préparait ; j'oubliai que le monstre ne sortait que pour un crime nouveau peut-être ; je ne compris qu'une chose : Christine seule était derrière le mur !

Le vicomte de Chagny l'appelait déjà.

« Christine ! Christine ! »

Du moment que nous entendions ce qui se disait dans la pièce à côté, il n'y avait aucune raison pour que mon compagnon ne fût pas entendu à son tour. Et, cependant, le vicomte dut répéter plusieurs fois son appel.

Enfin une faible voix parvint jusqu'à nous.

« Je rêve ! disait-elle.

— Christine ! Christine ! c'est moi, Raoul. » Silence.

« Mais répondez-moi, Christine !... si vous êtes seule, au nom du ciel, répondez-moi. »

Alors, la voix de Christine murmura le nom de Raoul.

« Oui ! Oui ! C'est moi ! Ce n'est pas un rêve !... Christine, ayez confiance !... Nous sommes là pour vous sauver... mais pas une imprudence !... Quand vous entendrez le monstre, avertissez-nous.

— Raoul !... Raoul. »

Elle se fit répéter plusieurs fois qu'elle ne rêvait pas et que Raoul de Chagny avait pu venir jusqu'à elle, conduit par un compagnon dévoué qui connaissait le secret de la demeure d'Erik.

Mais aussitôt à la trop rapide joie que nous lui apportions succéda une terreur plus grande. Elle voulait que Raoul s'éloignât sur-le-champ. Elle tremblait qu'Erik ne découvrît sa cachette, car, en ce cas, il n'eût pas hésité à tuer le jeune homme. Elle nous apprit en quelques mots précipités qu'Erik était devenu tout à fait fou d'amour et qu'il était décidé *à tuer tout le monde et lui-même avec le monde,* si elle ne consentait pas à devenir sa femme devant le maire et le curé, le curé de la Madeleine. Il lui avait donné jusqu'au lendemain soir onze heures pour réfléchir. C'était le dernier délai. Il lui faudrait alors choisir, comme il disait, entre la messe de mariage et la messe des morts !

Et Erik avait prononcé cette phrase que Christine n'avait pas tout à fait comprise : « Oui ou non ; si c'est non, tout le monde est mort et *enterré !* »

Mais, moi, je comprenais tout à fait cette phrase, car elle répondit d'une façon terrible à ma pensée redoutable.

« Pourriez-vous nous dire où est Erik ? » demandai-je.

Elle répondit qu'il devait être sorti de la demeure.

« Pourriez-vous vous en assurer ?

— Non !... Je suis attachée... je ne puis faire un mouvement. »

En apprenant cela, M. de Chagny et moi ne pûmes retenir un cri de rage. Notre salut, à tous les trois, dépendait de la liberté de mouvements de la jeune fille.

Oh ! la délivrer ! Arriver jusqu'à elle !

« Mais où êtes-vous donc ! demandait encore Christine... Il n'y a que deux portes dans ma chambre : la chambre Louis-Philippe, dont je vous ai parlé, Raoul !... une porte par où entre et sort Erik, et une autre qu'il n'a jamais ouverte devant moi et qu'il m'a défendu de franchir jamais, parce qu'elle est, dit-il, la plus dangereuse des portes... la porte des supplices !...

— Christine, nous sommes derrière cette porte-là !...

— Vous êtes dans la chambre des supplices ?

— Oui, mais nous ne voyons pas la porte.

— Ah ! si je pouvais seulement me traîner jusque-là !... Je frapperais contre la porte et vous verriez bien l'endroit où est la porte.

— C'est une porte avec une serrure ? demandai-je.

— Oui, avec une serrure. »

Je pensai : Elle s'ouvre de l'autre côté avec une clef, comme toutes les portes, mais de notre côté, à nous, elle s'ouvre avec le ressort et le contrepoids, et cela ne va pas être facile à découvrir.

« Mademoiselle ! fis-je, il faut absolument que vous nous ouvriez cette porte.

— Mais comment ? » répondit la voix éplorée de la malheureuse... Nous entendîmes un corps qui se froissait, qui essayait de toute évidence de se libérer des liens qui l'emprisonnaient...

« Nous ne nous en tirerons qu'avec la ruse, dis-je. Il faut avoir la clef de cette porte...

— Je sais où elle est, répondit Christine qui paraissait épuisée par l'effort qu'elle venait de faire... Mais je suis bien attachée !... Le misérable !... »

Et il y eut un sanglot.

« Où est la clef ? demandai-je, en ordonnant à M. de Chagny de se taire et de me laisser conduire l'affaire, car nous n'avions pas un moment à perdre.

— Dans la chambre, à côté de l'orgue, avec une autre petite clef en bronze à laquelle il m'a défendu de toucher également. Elles sont toutes deux dans un petit sac en cuir qu'il appelle : *Le petit sac de la vie et de la mort...* Raoul ! Raoul !... fuyez !... tout ici est mystérieux et terrible... et Erik va devenir tout à fait fou... Et vous êtes dans la chambre des supplices !... Allez-vous-en par où vous êtes venus ! Cette chambre-là doit avoir des raisons pour s'appeler d'un nom pareil !

— Christine ! fit le jeune homme, nous sortirons d'ici ensemble ou nous mourrons ensemble !

— Il ne tient qu'à nous de sortir tous sains et saufs, soufflai-je, mais il faut garder notre sang-froid. Pourquoi vous a-t-il attachée, mademoiselle ? Vous ne pouvez pourtant pas vous sauver de chez lui ! Il le sait bien !

— J'ai voulu me tuer ! Le monstre, ce soir, après m'avoir transportée ici, évanouie, à demi chloroformée, s'était absenté. Il était, paraît-il, — c'est lui qui me l'a dit, — *allé chez son banquier !...* Quand il est revenu, il m'a trouvée la figure en sang... j'avais voulu me tuer ! je m'étais heurté le front contre les murs.

— Christine ! gémit Raoul, et il se prit à sangloter.

— Alors, il m'a attachée... je n'ai le droit de mourir que demain soir à onze heures !... »

Toute cette conversation à travers le mur était beaucoup plus « hachée » et beaucoup plus prudente que je ne pourrais en donner l'impression en la transcrivant ici. Souvent nous nous arrêtions au milieu d'une phrase, parce qu'il nous avait semblé entendre un craquement, un pas, un remuement insolite... Elle nous disait : Non ! Non ! ce n'est pas lui !... Il est sorti ! Il est bien sorti ! J'ai reconnu le bruit que fait, en se refermant, le mur du Lac.

— Mademoiselle ! déclarai-je, c'est le monstre lui-même qui vous a attachée... c'est lui qui vous détachera... Il ne s'agit que de jouer la comédie qu'il faut pour cela !... N'oubliez pas qu'il vous aime !

— Malheureuse ! entendîmes-nous, comment ferais-je pour l'oublier jamais !

— Souvenez-vous-en pour lui sourire... suppliez-le... dites-lui que ces liens vous blessent. »

Mais Christine Daaé nous fit :

« Chut !... J'entends quelque chose dans le mur du Lac !... C'est lui !... Allez-vous-en !... Allez-vous-en !... Allez-vous-en !...

— Nous ne nous en irions pas, même si nous le voulions ! affirmai-je de façon à impressionner la jeune fille Nous ne pouvons plus partir ! Et nous sommes dans la chambre des supplices !

— Silence ! » souffla encore Christine.

Nous nous tûmes tous les trois.

Des pas lourds se traînaient lentement derrière le mur, puis s'arrêtaient et refaisaient à nouveau gémir le parquet.

Puis il y eut un soupir formidable, suivi d'un cri d'horreur de Christine et nous entendîmes la voix d'Erik.

« Je te demande pardon de te montrer un visage pareil ! je suis dans un bel état, n'est-ce pas ? C'est de la faute de l'*autre* ? Pourquoi a-t-il sonné ? Est-ce que je demande à ceux qui passent l'heure qu'il est ? Il ne demandera plus l'heure à personne. C'est de la faute de la sirène...

Encore un soupir, plus profond, plus formidable, venant du fin fond de l'abîme d'une âme.

« Pourquoi as-tu crié, Christine ?

— Parce que je souffre, Erik.

— J'ai cru que je t'avais fait peur...

— Erik, desserrez mes liens... ne suis-je pas votre prisonnière ?

— Tu voudras encore mourir...

— Vous m'avez donné jusqu'à demain soir, onze heures, Erik... »

Les pas se traînent encore sur le plancher.

« Après tout, puisque nous devons mourir ensemble... et que je suis aussi pressé que toi... oui, moi aussi, j'en ai assez de cette vie-là, tu comprends !... Attends, ne bouge pas, je vais te délivrer... Tu n'as qu'un mot à dire : *non !* et ce sera fini tout de suite, *pour tout le monde...* Tu as raison... tu as raison ! Pourquoi attendre jusqu'à demain soir onze heures ? Ah ! oui, parce que ça aurait été plus beau !... j'ai toujours eu la maladie du décorum... du gran-

diose... c'est enfantin !... Il ne faut songer qu'à soi dans la vie !... à sa propre mort... le reste est du superflu... *Tu regardes comme je suis mouillé ?...* Ah ! ma chérie, c'est que j'ai eu tort de sortir... Il fait un temps à ne pas mettre un chien dehors !... A part ça, Christine, je crois bien que j'ai des hallucinations... Tu sais, celui qui sonnait tout à l'heure chez la sirène, — va-t-en voir au fond du lac s'il sonne — eh bien, il ressemblait... Là, tourne-toi... es-tu contente ? Te voilà délivrée... Mon Dieu ! tes poignets, Christine ! je leur ai fait mal, dis ? Cela seul mérite la mort... A propos de mort, *il faut que je lui chante sa messe !* »

En entendant ces terribles propos, je ne pus m'empêcher d'avoir un affreux pressentiment... Moi aussi, j'avais sonné une fois à la porte du monstre... et sans le savoir, certes !... j'avais dû mettre en marche quelque courant avertisseur. Et je me souvenais des deux bras sortis des eaux noires comme de l'encre... Quel était encore le malheureux égaré sur ces rives ?

La présence de ce malheureux-là m'empêchait presque de me réjouir du stratagème de Christine, et cependant, le vicomte de Chagny murmurait à mon oreille ce mot magique : délivrée !... Qui donc ? Qui donc était *l'autre ?* Celui pour qui nous entendions en ce moment la messe des morts ?

Ah ! le chant sublime et furieux ! Toute la maison du Lac en grondait... toutes les entrailles de la terre en frissonnaient... Nous avions mis nos oreilles contre le mur de glace pour mieux entendre le jeu de Christine Daaé, le jeu qu'elle jouait pour notre délivrance, mais nous n'entendions plus rien que le jeu de la messe des morts. Cela était plutôt une messe de damnés... Cela faisait, au fond de la terre, une ronde de démons.

Je me rappelle que le *Dies iræ* qu'*il* chanta nous enveloppa comme d'un orage. Oui, nous avions de la foudre autour de nous et des éclairs... Certes ! je *l'*avais entendu chanter autrefois... *Il* allait même jusqu'à faire chanter les gueules de pierre de mes taureaux androcéphales, sur les murs du palais de Manzenderan... Mais chanter comme ça, jamais ! jamais ! Il chantait comme le dieu du tonnerre...

Tout à coup, l'orgue et la voix s'arrêtèrent si

brusquement, que M. de Chagny et moi reculâmes derrière le mur, tant nous fûmes saisis... Et la voix subitement changée, transformée, grinça distinctement toutes ces syllabes métalliques.

« *Qu'est-ce que tu as fait de mon sac ?* »

XI

LES SUPPLICES COMMENCENT

(Suite du récit du Persan.)

La voix répéta avec fureur :

« Qu'est-ce que tu as fait de mon sac ? »

Christine Daaé ne devait pas trembler plus que nous.

« C'est pour me prendre mon sac que tu voulais que je te délivre, dis ?... »

On entendit des pas précipités, la course de Christine qui revenait dans la chambre Louis-Philippe, comme pour chercher un abri devant notre mur.

« Pourquoi fuis-tu ? disait la voix rageuse qui avait suivi... Veux-tu bien me rendre mon sac ! Tu ne sais donc pas que c'est le sac de la vie et de la mort ?

— Ecoutez-moi, Erik, soupira la jeune femme, puisque désormais il est entendu que nous devons vivre ensemble... qu'est-ce que ça vous fait ?... Tout ce qui est à vous m'appartient !... »

Cela était dit d'une façon si tremblante que cela faisait pitié. La malheureuse devait employer ce qui lui restait d'énergie à surmonter sa terreur... Mais ce n'était point avec d'aussi enfantines supercheries, dites en claquant des dents, qu'on pouvait surprendre le monstre.

« Vous savez bien qu'il n'y a là dedans que deux clefs... Qu'est-ce que vous voulez faire ? demanda-t-il.

— Je voudrais, fit-elle, visiter cette chambre que je ne connais pas et que vous m'avez toujours cachée... C'est une curiosité de femme ! ajouta-t-elle, sur un ton qui voulait se faire enjoué et qui ne dut réussir qu'à augmenter la méfiance d'Erik tant il sonnait faux...

— Je n'aime pas les femmes curieuses ! répliqua Erik, et vous devriez vous méfier depuis l'histoire de Barbe-Bleue... Allons ! rendez-moi mon sac !... rendez-moi mon sac !... Veux-tu laisser la clef !... Petite curieuse ! »

Et il ricana pendant que Christine poussait un cri de douleur... Erik venait de lui reprendre le sac.

C'est à ce moment que le vicomte, ne pouvant plus se retenir, jeta un cri de rage et d'impuissance, que je parvins bien difficilement à étouffer sur ses lèvres...

« Ah mais ! fit le monstre... Qu'est-ce que c'est que ça ?... Tu n'as pas entendu, Christine ?

— Non ! non ! répondait la malheureuse ; je n'ai rien entendu !

— Il me semblait qu'on avait jeté un cri !

— Un cri !... Est-ce que vous devenez fou, Erik ?... Qui voulez-vous donc qui crie, au fond de cette demeure ?... C'est moi qui ai crié, parce que vous me faisiez mal !... Moi, je n'ai rien entendu !...

— Comme tu me dis cela !... Tu trembles !... Te voilà bien émue... Tu mens !... On a crié ! on a crié !... Il y a quelqu'un dans la chambre des supplices !... Ah ! je comprends maintenant !...

— Il n'y a personne, Erik !...

— Je comprends !...

— Personne !...

— Ton fiancé... peut-être !...

— Eh ! je n'ai pas de fiancé !... Vous le savez bien !... »

Encore un ricanement mauvais.

« Du reste, c'est si facile de le savoir... Ma petite Christine, mon amour... on n'a pas besoin d'ouvrir la porte pour voir ce qui se passe dans la chambre des supplices... Veux-tu voir ? veux-tu voir ?... Tiens !... S'il y a quelqu'un... s'il y a vraiment quelqu'un, tu vas voir s'illuminer tout là-haut, près du plafond, la fenêtre invisible... Il suffit d'en tirer le rideau noir et puis d'éteindre ici... Là, c'est fait... Eteignons !

Tu n'as pas peur de la nuit, en compagnie de ton petit mari !... »

Alors, on entendit la voix agonisante de Christine.

« Non !... J'ai peur !... Je vous dis que j'ai peur dans la nuit !... Cette chambre ne m'intéresse plus du tout !... C'est vous qui me faites tout le temps peur, comme à une enfant, avec cette chambre des supplices !... Alors, j'ai été curieuse, c'est vrai !... Mais elle ne m'intéresse plus du tout... du tout !... »

Et ce que je craignais par-dessus tout *commença automatiquement*... Nous fûmes, tout à coup, inondés de lumière !... Oui, derrière notre mur, ce fut comme un embrasement. Le vicomte de Chagny qui ne s'y attendait pas, en fut tellement surpris qu'il en chancela. Et la voix de colère éclata à côté.

« Je te disais qu'il y avait quelqu'un !... La vois-tu maintenant, la fenêtre ? la fenêtre lumineuse !... Tout là-haut !... Celui qui est derrière ce mur ne la voit pas lui !... Mais, toi, tu vas monter sur l'échelle double. Elle est là pour cela !... Tu m'as demandé souvent à quoi elle servait... Eh bien ! te voilà renseignée maintenant !... Elle sert à regarder par la fenêtre de la chambre des supplices... petite curieuse !...

— Quels supplices ?... quels supplices y a-t-il là dedans ?... Erik ! Erik ! dites-moi que vous voulez me faire peur !... Dites-le-moi, si vous m'aimez, Erik !... N'est-ce pas qu'il n'y a pas de supplices ? Ce sont des histoires pour les enfants !...

— Allez voir, ma chérie, à la petite fenêtre ! »

Je ne sais si le vicomte, à côté de moi, entendait maintenant la voix défaillante de la jeune femme, tant il était occupé du spectacle inouï qui venait de surgir à son regard éperdu. Quant à moi qui avais vu ce spectacle-là déjà trop souvent, par la petite fenêtre des *heures roses de Mazenderan*, je n'étais occupé que de ce qui se disait à côté, y cherchant une raison d'agir, une résolution à prendre.

« Allez voir, allez voir à la petite fenêtre !... Vous me direz !... Vous me direz après *comment il a le nez fait !* »

Nous entendîmes rouler l'échelle que l'on appliqua contre le mur...

« Montez donc !... Non !... Non, je vais monter, moi, ma chérie !...

— Eh bien ! oui... je vais voir.. laissez-moi !

— Ah ! ma petite chérie !.. Ma petite chérie !... que vous êtes mignonne... Bien gentil à vous de m'épargner cette peine à mon âge !... Vous me direz comment il a le nez fait !... Si les gens se doutaient du bonheur qu'il y a à avoir un nez... un nez bien à soi... jamais ils ne viendraient se promener dans la chambre des supplices !... »

A ce moment, nous entendîmes distinctement au-dessus de nos têtes, ces mots :

« *Mon ami, il n'y a personne !...*

— Personne ?... Vous êtes sûre que qu'il n'y a personne ?...

— Ma foi, non... il n'y a personne...

— Eh bien, tant mieux !... Qu'avez-vous, Christine ?... Eh bien, quoi ! Vous n'allez pas vous trouver mal !... Puisqu'il n'y a personne... *Mais comment trouvez-vous le paysage ?...*

— Oh ! très bien !...

— Allons ! ça va mieux !... N'est-ce pas, ça va mieux !... Tant mieux, ça va mieux !... Pas d'émotion !... Et quelle drôle de maison, n'est-ce pas, où l'on peut voir des paysages pareils ?...

— Oui, on se croirait au Musée Grévin !... Mais, dites donc, Erik... il n'y a pas de supplices là dedans !... Savez-vous que vous m'avez fait une peur !...

— Pourquoi, puisqu'il n'y a personne !...

— C'est vous qui avez fait cette chambre-là, Erik ?... Savez-vous que c'est très beau ! Décidément, vous êtes un grand artiste, Erik...

— Oui, un grand artiste « dans mon genre ».

— Mais dites-moi, Erik, pourquoi avez-vous appelé cette chambre la chambre des supplices ?...

— Oh ! c'est bien simple. D'abord, qu'est-ce que vous avez vu ?

— J'ai vu une forêt !...

— Et qu'est-ce qu'il y a dans cette forêt ?

— Des arbres !...

— Et qu'est-ce qu'il y a dans un arbre ?

— Des oiseaux...

— Tu as vu des oiseaux...

— Non, je n'ai pas vu d'oiseaux.

— Alors, qu'as-tu vu ! cherche !... Tu as vu des branches ! Et qu'est-ce qu'il y a dans une branche ? dit la voix terrible... *Il y a un gibet !*

Voilà pourquoi j'appelle ma forêt la chambre des supplices !... Tu vois, ce n'est qu'une façon de parler ! Tout cela est pour rire !... Moi, je ne m'exprime jamais comme les autres !... Je ne fais rien comme les autres !... Mais j'en suis bien fatigué !... bien fatigué !... J'en ai assez, vois-tu ? d'avoir une forêt dans ma maison, et une chambre des supplices !... Et d'être logé comme un charlatan au fond d'une boîte à double fond !... J'en ai assez ! j'en ai assez !... Je veux avoir un appartement tranquille, avec des portes et des fenêtres ordinaires et une honnête femme dedans, comme tout le monde !... Tu devrais comprendre cela, Christine, et je ne devrais pas avoir besoin de te le répéter à tout bout de champ !... Une femme comme tout le monde !... Une femme que j'aimerais, que je promènerais, le dimanche, et que je ferais rire toute la semaine ! Ah ! tu ne t'ennuierais pas avec moi ! J'ai plus d'un tour dans mon sac, sans compter les tours de cartes !... Tiens ! veux-tu que je te fasse des tours de cartes ? Cela nous fera toujours passer quelques minutes, en attendant demain soir, onze heures !... Ma petite Christine !... Ma petite Christine !... Tu m'écoutes ?... Tu ne me repousses plus !... dis ? Tu m'aimes !... Non ! tu ne m'aimes pas !... Mais ça ne fait rien ! tu m'aimeras ! Autrefois, tu ne pouvais pas regarder mon masque à cause que tu savais ce qu'il y a derrière... Et maintenant tu veux bien le regarder et tu oublies ce qu'il y a derrière, et tu veux bien ne plus me repousser !... On s'habitue à tout, quand on veut bien...; quand on a la bonne volonté !... Que de jeunes gens qui ne s'aimaient pas avant le mariage se sont adorés après ! Ah ! je ne sais plus ce que je dis... Mais tu t'amuserais bien avec moi !... Il n'y en a pas un comme moi, par exemple, ça, je le jure devant le bon Dieu qui nous mariera — si tu es raisonnable — il n'y en a pas un comme moi pour faire le ventriloque ! Je suis le premier ventriloque du monde !... Tu ris !... Tu ne me crois peut-être pas !... Ecoute ! »

Le misérable (qui était, en effet, le premier ventriloque du monde) étourdissait la petite (je m'en rendais compte) pour détourner son attention de la chambre des supplices !... Calcul stupide !... Christine ne pensait qu'à nous !... Elle répéta à plusieurs reprises, sur le ton le

plus doux qu'elle put trouver et de la plus ardente supplication :

« Eteignez la petite fenêtre !... Erik éteignez donc la petite fenêtre !... »

Car elle pensait bien que cette lumière, soudain apparue à la petite fenêtre, et dont le monstre avait parlé d'une façon si menaçante, avait une raison d'être... Une seule chose devait momentanément la tranquilliser, c'est qu'elle nous avait vus tous deux, derrière le mur, au centre du magnifique embrasement, debout et bien portants !... Mais elle eût été plus rassurée, certes !... si la lumière s'était éteinte...

L'autre avait déjà commencé à faire le ventriloque. Il disait :

« Tiens ! je soulève un peu mon masque ! Oh ! un peu seulement... Tu vois mes lèvres ? Ce que j'ai de lèvres ? Elles ne remuent pas !... Ma bouche est fermée... mon espèce de bouche... et cependant tu entends ma voix !... Je parle avec mon ventre... c'est tout naturel... on appelle ça être ventriloque !... C'est bien connu : écoute ma voix... où veux-tu qu'elle aille ? Dans ton oreille gauche ? dans ton oreille droite ?... dans la table ?... dans les petits coffrets d'ébène de la cheminée ?... Ah ! cela t'étonne... Ma voix est dans les petits coffrets de la cheminée ! La veux-tu lointaine ?... La veux-tu prochaine ?... Retentissante ?... Aiguë ?... Nasillarde ?... Ma voix se promène partout !... partout !... Ecoute, ma chérie... dans le petit coffret de droite de la cheminée, et écoute ce qu'elle dit : *Faut-il tourner le scorpion ?*... Et maintenant, crac ! écoute ce qu'elle dit dans le petit coffret de gauche : *Faut-il tourner la sauterelle ?*... Et maintenant, crac !... La voici dans le petit sac en cuir... Qu'est-ce qu'elle dit ? « Je suis le petit *sac de la vie et de la mort !* » Et maintenant, crac !... la voici dans la gorge de la Carlotta, au fond de la gorge dorée, de la gorge de cristal de la Carlotta, ma parole !... Qu'est-ce qu'elle dit ? Elle dit : « C'est moi, monsieur crapaud ! c'est moi qui chante : *J'écoute cette voix solitaire... couac !... qui chante dans mon couac !...* » Et maintenant, crac, elle est arrivée sur une chaise de la loge du fantôme... et elle dit : « Madame Carlotta chante ce soir à *décrocher le lustre !...* » Et maintenant, crac !... Ah ! ah ! ah ! ah !... où

— *Pauvre malheureux Erik! murmura doucement Christine en se penchant sur le monstre.*

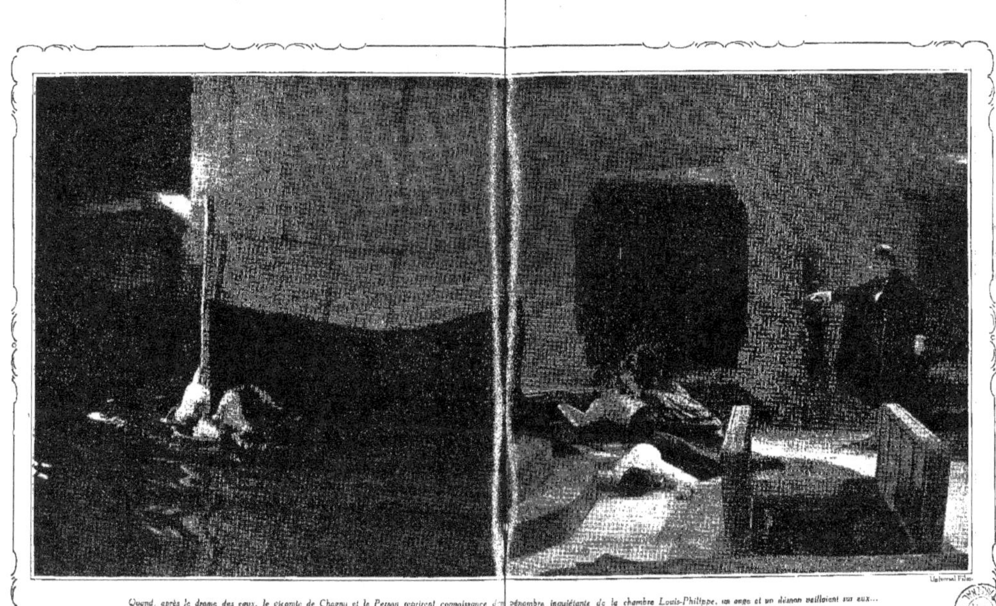

Quand, après le drame des eaux, le vicomte de Chagny et le Persan reprirent connaissance dans pénombre inquiétante de la chambre Louis-Philippe, un ange et un démon veillaient sur eux...

Erik avait sauvé le vicomte et l'avait rendu à l'amour de Christine.

est la voix d'Erik ?... Ecoute, Christine, ma chérie !... Ecoute... Elle est derrière la porte de la chambre des supplices !... Ecoute-moi !... C'est moi qui suis dans la chambre des supplices !... Et qu'est-ce que je dis ? Je dis : « Malheur à ceux qui ont le bonheur d'avoir un nez, un vrai nez à eux et qui viennent se promener dans la chambre des supplices !... Ah ! ah ! ah ! »

Maudite voix du formidable ventriloque ! Elle était partout, partout !... Elle passait par la petite fenêtre invisible... à travers les murs... elle courait autour de nous... entre nous... Erik était là !... Il nous parlait !... Nous fîmes un geste comme pour nous jeter sur lui... mais, déjà, plus rapide, plus insaisissable que la voix sonore de l'Echo, la voix d'Erik avait rebondi derrière le mur !...

Bientôt, nous ne pûmes plus rien entendre du tout, car voici ce qui se passa :

La voix de Christine :

« Erik ! Erik... Vous me fatiguez avec votre voix... Taisez-vous, Erik !... Ne trouvez-vous pas qu'il fait chaud ici ?...

— Oh ! oui ! répond la voix d'Erik, la chaleur devient insupportable !... »

Et encore la voix râlante d'angoisse de Christine :

« Qu'est-ce que c'est que ça !... Le mur est tout chaud !... Le mur est brûlant !...

— Je vais vous dire, Christine, ma chérie, c'est à cause de « la forêt d'à côté !... »

— Eh bien !... que voulez-vous dire !... la forêt ?...

— *Vous n'avez donc pas vu que c'était une forêt du Congo ?* »

Et le rire du monstre s'éleva si terrible que nous ne distinguions plus les clameurs suppliantes de Christine !... Le vicomte de Chagny criait et frappait contre les murs comme un fou... Je ne pouvais plus le retenir... Mais on n'entendait que le rire du monstre... et le monstre lui-même ne dut entendre que son rire... Et puis il y eut le bruit d'une rapide lutte, d'un corps qui tombe sur le plancher et que l'on traîne... et l'éclat d'une porte fermée à toute volée... et puis, plus rien autour de nous que le silence embrasé de midi... au cœur d'une forêt d'Afrique !...

. . . .

XII

« TONNEAUX, TONNEAUX, AVEZ-VOUS DES TONNEAUX A VENDRE ? ? ? »

(Suite du récit du Persan.)

J'ai dit que cette chambre dans laquelle nous nous trouvions, M. le vicomte de Chagny et moi, était régulièrement hexagonale et garnie entièrement de glaces. On a vu depuis, notamment dans certaines expositions, de ces sortes de chambres absolument disposées ainsi et appelées : « maison des mirages » ou « palais des illusions ». Mais l'invention en revient entièrement à Erik, qui construisit, sous mes yeux, la première salle de ce genre lors des *heures roses de Mazenderan*. Il suffisait de disposer dans les coins quelque motif décoratif, comme une colonne, par exemple, pour avoir instantanément un palais aux mille colonnes, car, par l'effet des glaces, la salle réelle s'augmentait de six salles hexagonales dont chacune se multipliait à l'infini. Jadis, pour amuser « la petite sultane », il avait ainsi disposé un décor qui devenait le « temple innombrable » ; mais la petite sultane se fatigua vite d'une aussi enfantine illusion, et alors Erik transforma son invention en chambre des supplices. Au lieu du motif architectural posé dans les coins, il mit au premier tableau un arbre de fer. Pourquoi cet arbre, qui imitait parfaitement la vie, avec ses feuilles peintes, était-il en fer ? Parce qu'il devait être assez solide pour résister à toutes les attaques du « patient » que l'on enfermait dans la chambre des supplices. Nous verrons comment, par deux fois, le décor ainsi obtenu se transformait instantanément en deux autres décors successifs, grâce à la rotation automatique des tambours qui se trouvaient dans les coins et qui avaient été divisés par tiers, épousant les angles des glaces et supportant chacun un motif décoratif qui apparaissait tour à tour.

Les murs de cette salle n'offraient aucune prise au patient, puisque, en dehors du motif décoratif d'une solidité à toute épreuve, ils étaient uniquement garnis de glaces et de glaces assez épaisses pour qu'elles n'eussent rien à redouter de la rage du misérable que l'on jetait là, du reste, les mains et les pieds nus.

Aucun meuble. Le plafond était lumineux. Un système ingénieux de chauffage électrique qui a été imité depuis permettait d'augmenter la température des murs à volonté et de donner ainsi à la salle l'atmosphère souhaitée...

Je m'attache à énumérer tous les détails précis d'une invention toute naturelle donnant cette illusion surnaturelle, avec quelques branches peintes, d'une forêt équatoriale embrasée par le soleil de midi, pour que nul ne puisse mettre en doute la tranquillité actuelle de mon cerveau, pour que nul n'ait le droit de dire : « Cet homme est devenu fou » ou « cet homme ment », ou « cet homme nous prend pour des imbéciles » (1).

Si j'avais simplement raconté les choses ainsi : « Étant descendus au fond d'une cave, nous rencontrâmes une forêt équatoriale embrasée par le soleil de midi », j'aurais obtenu un bel effet d'étonnement stupide, mais je ne cherche aucun effet, mon but étant, en écrivant ces lignes, de raconter ce qui nous est exactement arrivé, à M. le vicomte de Chagny et à moi, au cours d'une aventure terrible qui, un moment, a occupé la justice de ce pays.

Je reprends maintenant les faits où je les ai laissés.

Quand le plafond s'éclaira et, qu'autour de nous, la forêt s'illumina, la stupéfaction du vicomte dépassa tout ce que l'on peut imaginer. L'apparition de cette forêt impénétrable dont les troncs et les branches innombrables nous enlaçaient *jusqu'à l'infini* le plongea dans une consternation effrayante. Il se passa les mains

sur le front comme pour en chasser une vision de rêve et ses yeux clignotèrent comme les yeux qui ont peine, au réveil, à reprendre connaissance de la réalité des choses. Un instant, il en oublia *d'écouter !*

J'ai dit que l'apparition de la forêt ne me surprit point. Aussi écoutai-je ce qui se passait dans la salle d'à côté pour nous deux. Enfin, mon attention était spécialement attirée moins par le décor, dont ma pensée se débarrassait, que par la glace elle-même qui le produisait. Cette glace, par endroits, *était brisée.*

Oui, elle avait des éraflures ; on était parvenu à « l'étoiler », malgré sa solidité et cela me prouvait, à n'en pouvoir douter, que la chambre des supplices dans laquelle nous nous trouvions, *avait déjà servi !*

Un malheureux, dont les pieds et les mains étaient moins nus que les condamnés des *heures roses de Mazenderan*, était certainement tombé dans cette « illusion mortelle », et, fou de rage, avait heurté ces miroirs qui, malgré leurs blessures légères, n'en avaient pas moins continué à refléter son agonie ! Et la branche de l'arbre où il avait terminé son supplice était disposée de telle sorte qu'avant de mourir, il avait pu voir gigoter avec lui — consolation suprême — mille pendus !

Oui ! oui ! Joseph Buquet avait passé par là !...

Allions-nous mourir comme lui ?

Je ne le pensais pas, car je savais que nous avions quelques heures devant nous et que je pourrais les employer plus utilement que Joseph Buquet n'avait été capable de le faire.

N'avais-je pas une connaissance approfondie de la plupart des « trucs » d'Érik ? C'était le cas ou jamais de m'en servir.

D'abord, je ne songeai plus du tout à revenir par le passage qui nous avait conduits dans cette chambre maudite, je ne m'occupai point de la possibilité de refaire jouer la pierre intérieure qui fermait ce passage. La raison en était simple : je n'en avais pas le moyen !... Nous avions sauté de trop haut dans la chambre des supplices et aucun meuble ne nous permettait désormais d'atteindre à ce passage, pas même la branche de l'arbre de fer, pas même les épaules de l'un de nous en guise de marchepied.

____

(1) A l'époque où écrivait le Persan, on comprend très bien qu'il ait pris tant de précautions contre l'esprit d'incrédulité ; aujourd'hui où tout le monde a pu voir de ces sortes de salles, elles seraient superflues.

Il n'y avait plus qu'une issue possible, celle qui ouvrait sur la chambre Louis-Philippe, et dans laquelle se trouvaient Erik et Christine Daaé. Mais si cette issue était à l'état ordinaire de porte du côté de Christine, elle était absolument invisible pour nous... Il fallait donc tenter de l'ouvrir sans même savoir où elle prenait sa place, ce qui n'était point une besogne ordinaire.

Quand je fus bien sûr qu'il n'y avait plus aucun espoir pour nous, du côté de Christine Daaé, quand j'eus entendu le monstre entraîner ou plutôt traîner la malheureuse jeune fille hors de la chambre Louis-Philippe *pour qu'elle ne dérangeât point notre supplice*, je résolus de me mettre tout de suite à la besogne, c'est-à-dire à la recherche du truc de la porte.

Mais d'abord, il me fallut calmer M. de Chagny, qui déjà se promenait dans la clairière comme un halluciné, en poussant des clameurs incohérentes. Les bribes de la conversation qu'il avait pu surprendre, malgré son émoi, entre Christine et le monstre, n'avaient point peu contribué à le mettre hors de lui ; si vous ajoutez à cela le coup de la forêt magique et l'ardente chaleur qui commençait à faire ruisseler la sueur sur ses tempes, vous n'aurez point de peine à comprendre que l'humeur de M. de Chagny commençait à subir une certaine exaltation. Malgré toutes mes recommandations, mon compagnon ne montrait plus aucune prudence.

Il allait et venait sans raison, se précipitant vers un espace inexistant, croyant entrer dans une allée qui le conduisait à l'horizon et se heurtant le front, après quelques pas, au reflet même de son illusion de forêt !

Ce faisant, il criait : Christine ! Christine !... et il agitait son pistolet, appelant encore de toutes ses forces le monstre, défiant en un duel à mort l'Ange de la Musique, et il injuriait également sa forêt illusoire. C'était le supplice qui produisait son effet sur un esprit non prévenu. J'essayai autant que possible de le combattre, en raisonnant le plus tranquillement du monde ce pauvre vicomte : en lui faisant toucher du doigt les glaces et l'arbre de fer, les branches sur les tambours et en lui expliquant, d'après les lois de l'optique, toute l'imagerie lumineuse

dont nous étions enveloppés et dont nous ne pouvions, comme de vulgaires ignorants, être les victimes !

« Nous sommes dans une chambre, une petite chambre, voilà ce qu'il faut vous répéter sans cesse... et nous sortirons de cette chambre quand nous en aurons trouvé la porte. Eh bien ! cherchons-la ! »

Et je lui promis que, s'il me laissait faire, sans m'étourdir de ses cris et de ses promenades de fou, j'aurais trouvé le truc de la porte avant une heure.

Alors, il s'allongea sur le parquet, comme on fait dans les bois, et déclara qu'il attendrait que j'eusse trouvé la porte de la forêt, puisqu'il n'avait rien de mieux à faire ! Et il crut devoir ajouter que, de l'endroit où il se trouvait, « la vue était splendide ». (Le supplice, malgré tout ce que j'avais pu dire, agissait.)

Quant à moi, *oubliant la forêt*, j'entrepris un panneau de glaces et me mis à le tâter en tous sens, *y cherchant le point faible*, sur lequel il fallait appuyer pour faire tourner les portes suivant le système des portes et trappes pivotantes d'Erik. Quelquefois, ce point faible pouvait être une simple tache sur la glace, grosse comme un petit pois, et sous laquelle se trouvait le ressort à faire jouer. Je cherchai ! Je tâtai si haut que mes mains pouvaient atteindre. Erik était à peu près de la même taille que moi et je pensais qu'il n'avait point disposé le ressort plus haut qu'il ne fallait pour sa taille — ce n'était, du reste, qu'une hypothèse, mais mon seul espoir. — J'avais décidé de faire ainsi, sans faiblesse, et minutieusement le tour des six panneaux de glaces et ensuite d'examiner également fort attentivement le parquet.

En même temps que je tâtais les panneaux avec le plus grand soin, je m'efforçais de ne point perdre une minute, car la chaleur me gagnait de plus en plus et nous cuisions littéralement dans cette forêt enflammée.

Je travaillais ainsi depuis une demi-heure et j'en avais déjà fini avec trois panneaux quand notre mauvais sort voulut que je me retournasse à une sourde exclamation poussée par le vicomte.

« J'étouffe ! disait-il... Toutes ces glaces se renvoient une chaleur infernale !... Est-ce que vous allez bientôt trouver votre ressort ?... Pour peu que vous tardiez, nous allons rôtir ici ! »

Je ne fus point mécontent de l'entendre parler ainsi. Il n'avait pas dit un mot de la forêt et j'espérai que la raison de mon compagnon pourrait lutter assez longtemps encore contre le supplice. Mais il ajouta :

« Ce qui me console, c'est que le monstre a donné jusqu'à demain soir onze heures à Christine : si nous ne pouvons sortir de là et lui porter secours, au moins nous serons morts avant elle ! La messe d'Érik pourra servir pour tout le monde ! »

Et il aspira une bouffée d'air chaud qui le fit presque défaillir...

Comme je n'avais point les mêmes désespérées raisons que M. le vicomte de Chagny pour accepter le trépas, je me retournai, après quelques paroles d'encouragement, vers mon panneau, mais j'avais eu tort, en parlant, de faire quelques pas ; si bien que dans l'enchevêtrement inouï de la forêt illusoire, je ne retrouvai plus, à coup sûr, mon panneau ! Je me voyais obligé de tout recommencer, au hasard... Aussi je ne pus m'empêcher de manifester ma déconvenue et le vicomte comprit que tout était à refaire. Cela lui donna un nouveau coup.

« Nous ne sortirons jamais de cette forêt ! » gémit-il.

Et son désespoir ne fit plus que grandir. Et, en grandissant, son désespoir lui faisait de plus en plus oublier qu'il n'avait affaire qu'à des glaces et de plus en plus croire qu'il était aux prises avec une forêt véritable.

Moi, je m'étais remis à chercher... à tâter... La fièvre, à mon tour, me gagnait... car je ne trouvais rien... absolument rien... Dans la chambre à côté, c'était toujours le même silence. Nous étions bien perdus dans la forêt... sans issue... sans boussole... sans guide... sans rien. Oh ! je savais ce qui nous attendait si personne ne venait à notre secours... ou si je ne trouvais pas le ressort... Mais j'avais beau chercher le ressort, je ne trouvais que des branches... d'admirables belles branches qui se dressaient toutes droites devant moi ou s'arrondissaient précieusement au-dessus de ma tête... Mais elles ne donnaient point d'ombre ! C'était assez naturel, du reste, puisque nous étions dans une forêt équatoriale avec le soleil juste au-dessus de nos têtes... une forêt du Congo...

A plusieurs reprises, M. de Chagny et moi, nous avions retiré et remis notre habit, trouvant tantôt qu'il nous donnait plus de chaleur et tantôt qu'il nous garantissait, au contraire, de cette chaleur.

Moi, je résistais encore moralement, mais M. de Chagny me parut tout à fait « parti ». Il prétendait qu'il y avait bien trois jours et trois nuits qu'il marchait sans s'arrêter dans cette forêt, à la recherche de Christine Daaé. De temps en temps, il croyait l'apercevoir derrière un tronc d'arbre ou glissant à travers les branches, et il l'appelait avec des mots suppliants qui me faisaient venir les larmes aux yeux. « Christine ! Christine ! disait-il, pourquoi me fuis-tu ? ne m'aimes-tu pas ?... Ne sommes-nous pas fiancés ?... Christine, arrête-toi !... Tu vois bien que je suis épuisé !... Christine, aie pitié !... Je vais mourir dans la forêt... loin de toi !... »

« Oh ! j'ai soif ! » dit-il enfin avec un accent délirant.

Moi aussi j'avais soif... j'avais la gorge en feu...

Et cependant, accroupi maintenant sur le parquet, cela ne m'empêchait pas de chercher... chercher... chercher le ressort de la porte invisible... d'autant plus que le séjour dans la forêt devenait dangereux à l'approche du soir... Déjà l'ombre de la nuit commençait à nous envelopper... cela était venu très vite, comme tombe la nuit dans les pays équatoriaux... subitement, avec à peine de crépuscule...

Or, la nuit dans les forêts de l'équateur est toujours dangereuse, surtout lorsque, comme nous, on n'a pas de quoi allumer du feu pour éloigner les bêtes féroces. J'avais bien tenté, délaissant un instant la recherche de mon ressort, de briser des branches que j'aurais allumées avec ma lanterne sourde, mais je m'étais heurté, moi aussi, aux fameuses glaces, et cela m'avait rappelé à temps que nous n'avions affaire qu'à des images de branches...

Avec le jour, la chaleur n'était pas partie, au contraire... Il faisait maintenant encore plus chaud sous la lueur bleue de la lune. Je recommandai au vicomte de tenir nos armes prêtes à faire feu et de ne point s'écarter du lieu de notre campement, cependant que je cherchais toujours mon ressort.

Tout à coup, le rugissement du lion se fit entendre, à quelques pas. Nous en eûmes les oreilles déchirées.

« Oh ! fit le vicomte à voix basse, il n'est pas loin !... Vous ne le voyez pas ?... là... à travers les arbres ! dans ce fourré... S'il rugit encore, je tire !... »

Et le rugissement recommença, plus formidable. Et le vicomte tira, mais je ne pense pas qu'il atteignit le lion ; seulement, il cassa une glace ; je le constatai le lendemain matin à l'aurore. Pendant la nuit, nous avions dû faire un bon chemin, car nous nous trouvâmes soudain au bord du désert, d'un immense désert de sable, de pierres et de rochers. Ce n'était vraiment point la peine de sortir de la forêt pour tomber dans le désert. De guerre lasse, je m'étais étendu à côté du vicomte, personnellement fatigué de chercher des ressorts que je ne trouvais pas.

J'étais tout à fait étonné (et je le dis au vicomte) que nous n'ayons point fait d'autres mauvaises rencontres, pendant la nuit. Ordinairement, après le lion, il y avait le léopard, et puis quelquefois le bourdonnement de la mouche tsé-tsé. C'étaient là des effets très faciles à obtenir, et j'expliquai à M. de Chagny, pendant que nous nous reposions avant de traverser le désert, qu'Erik obtenait le rugissement du lion avec un long tambourin, terminé par une peau d'âne à une seule de ses extrémités. Sur cette peau est bandée une corde à boyau attachée par son centre à une autre corde du même genre qui traverse le tambour dans toute sa hauteur. Erik n'a alors qu'à frotter cette corde avec un gant enduit de colophane et, par la façon dont il frotte, il imite à s'y méprendre la voix du lion ou du léopard, ou même le bourdonnement de la mouche tsé-tsé.

Cette idée qu'Erik pouvait être dans la chambre, à côté, avec ses trucs, me jeta soudain dans la résolution d'entrer en pourparlers avec lui, car, évidemment, il fallait renoncer à l'idée de le surprendre. Et maintenant, il devait savoir à quoi s'en tenir sur les habitants de la chambre des supplices. Je l'appelai : Erik ! Erik !... Je criai le plus fort que je pus à tra-

vers le désert, mais nul ne répondit à ma voix... Partout, autour de nous, le silence et l'immensité nue de ce désert pétré... Qu'allions-nous devenir au milieu de cette affreuse solitude ?...

Littéralement, nous commencions à mourir de chaleur, de faim et de soif... de soif surtout... Enfin, je vis M. de Chagny se soulever sur un coude et me désigner un point de l'horizon... Il venait de découvrir l'oasis !...

Oui, tout là-bas, là-bas, le désert faisait place à l'oasis... une oasis avec de l'eau... de l'eau limpide comme une glace... de l'eau qui réflétait l'arbre de fer !... Ah çà !... c'était le tableau du *mirage*... je le reconnus tout de suite... le plus terrible... Aucun n'avait pu y résister... aucun... Je m'efforçais de retenir toute ma raison... *et de ne pas espérer l'eau*... parce que je savais que si l'on espérait l'eau, l'eau qui réflétait l'arbre de fer et que si, après avoir espéré de l'eau, on se heurtait à la glace, il n'y avait plus qu'une chose à faire : se pendre à l'arbre de fer !...

Aussi, je criai à M. de Chagny : « C'est le mirage !... c'est le mirage !... ne croyez pas à l'eau !... c'est encore le truc de la glace !... » Alors il m'envoya, comme on dit, carrément promener, avec mon truc de la glace, mes ressorts, mes portes tournantes et mon palais des mirages !... Il affirma, rageur, que j'étais fou ou aveugle pour imaginer que toute cette eau qui coulait là-bas, entre de si beaux innombrables arbres, n'était point de la vraie eau !... Et le désert était vrai ! Et la forêt aussi !... Ce n'était pas à lui qu'il fallait « en faire accroire »... il avait assez voyagé... et dans tous les pays...

Et il se traîna, disant :

« De l'eau ! De l'eau !... »

Et il avait la bouche ouverte comme s'il buvait...

Et moi aussi, j'avais la bouche ouverte comme si je buvais...

Car non seulement nous la voyions, l'eau, mais encore *nous l'entendions !*... Nous l'entendions couler... clapoter !... Comprenez-vous ce mot *clapoter ?... C'est un mot que l'on entend avec la langue !*... La langue se tire hors de la bouche pour mieux l'écouter !...

Enfin, supplice plus intolérable que tout, nous entendîmes la pluie et il ne pleuvait pas !

Cela, c'était l'invention démoniaque... Oh ! je savais très bien aussi comment Erik l'obtenait ! Il remplissait de petites pierres une boîte très étroite et très longue, coupée par intervalles de vannes de bois et de métal. Les petites pierres, en tombant, rencontraient ces vannes et ricochaient de l'une à l'autre, et il s'ensuivait des sons saccadés qui rappelaient à s'y tromper le grésillement d'une pluie d'orage.

... Aussi, il fallait voir comme nous tirions la langue, M. de Chagny et moi, en nous traînant vers la rive clapotante... *nos yeux et nos oreilles étaient pleines d'eau, mais notre langue restait sèche comme de la corne !...*

Arrivé à la glace, M. de Chagny la lécha... et moi aussi... je léchai la glace...

Elle était ardente !...

Alors, nous roulâmes par terre, avec un râle désespéré. M. de Chagny approcha de sa tempe le dernier pistolet qui était resté chargé et moi je regardai à mes pieds le lacet du Pendjab.

Je savais pourquoi, dans ce troisième décor, était revenu l'arbre de fer !...

L'arbre de fer m'attendait !...

Mais comme je regardais le lacet du Pendjab, je vis une chose qui me fit tressaillir si violemment que M. de Chagny en fut arrêté dans son mouvement de suicide. Déjà, il murmurait : « Adieu, Christine !... »

Je lui avais pris le bras. Et puis je lui pris le pistolet... et puis je me traînai à genoux jusqu'à ce que j'avais vu.

Je venais de découvrir auprès du lacet du Pendjab, dans la rainure du parquet, un clou à tête noire dont je n'ignorais pas l'usage...

Enfin ! je l'avais trouvé, le ressort !... le ressort qui allait faire jouer la porte !... qui allait nous donner la liberté !... qui allait nous livrer Erik.

Je tâtai le clou... Je montrai à M. de Chagny une figure rayonnante !... Le clou à tête noire cédait sous ma pression...

Et alors...

... Et alors ce ne fut point une porte qui s'ouvrit dans le mur, mais une trappe qui se déclencha dans le plancher.

Aussitôt, de ce trou noir, de l'air frais nous arriva. Nous nous penchâmes sur ce carré d'ombre comme sur une source limpide. Le menton dans l'ombre fraîche, nous la buvions.

Et nous nous courbions de plus en plus au-dessus de la trappe. Que pouvait-il bien y avoir dans ce trou, dans cette cave qui venait d'ouvrir mystérieusement sa porte dans le plancher ?...

Il y avait peut-être, là-dedans, de l'eau ?...

De l'eau pour boire...

J'allongeai le bras dans les ténèbres et je rencontrai une pierre, et puis une autre... un escalier... un noir escalier qui descendait à la cave.

Le vicomte était déjà prêt à se jeter dans le trou !...

Là dedans, même si on ne trouvait point d'eau, on pourrait échapper à l'étreinte rayonnante de ces abominables miroirs...

Mais j'arrêtai le vicomte, car je craignais un nouveau tour du monstre et, ma lanterne sourde allumée, je descendis le premier...

L'escalier plongeait dans les ténèbres les plus profondes et tournait sur lui-même. Ah ! l'adorable fraîcheur de l'escalier et des ténèbres !...

Cette fraîcheur devait moins venir du système de ventilation établi nécessairement par Erik que de la fraîcheur même de la terre qui devait être toute saturée d'eau au niveau où nous nous trouvions... Et puis, le lac ne devait pas être loin !...

Nous fûmes bientôt au bas de l'escalier... Nos yeux commençaient à se faire à l'ombre, à distinguer, autour de nous, des formes... des formes rondes... sur lesquelles je dirigeai le jet lumineux de ma lanterne...

Des tonneaux !...

Nous étions dans la cave d'Erik !

C'est là qu'il devait enfermer son vin et peut-être son eau potable...

Je savais qu'Erik était très amateur de bons crus...

Ah ! il y avait là de quoi boire !...

M. de Chagny caressait les formes rondes et répétait inlassablement :

« Des tonneaux ! des tonneaux !... Que de tonneaux !... »

En fait, il y en avait une certaine quantité alignée fort symétriquement sur deux files entre lesquelles nous nous trouvions...

C'étaient des petits tonneaux et j'imaginai qu'Erik les avait choisis de cette taille pour la facilité du transport dans la maison du Lac !...

Nous les examinions les uns après les autres, cherchant si l'un d'entre eux n'avait point quelque chantepleure nous indiquant par cela même qu'on y aurait puisé de temps à autre.

Mais tous les tonneaux étaient fort hermétiquement clos.

Alors, après en avoir soulevé un à demi pour constater qu'il était plein, nous nous mîmes à genoux et, avec la lame d'un petit couteau que j'avais sur moi, je me mis en mesure de faire sauter la « bonde ».

A ce moment, il me sembla entendre, comme venant de très loin, une sorte de chant monotone dont le rythme m'était connu, car je l'avais entendu très souvent dans les rues de Paris :

« Tonneaux !... Tonneaux !... Avez-vous des tonneaux... à vendre ?... »

Ma main en fut immobilisée sur la bonde... M. de Chagny aussi avait entendu. Il me dit :

« C'est drôle !... on dirait que c'est le tonneau qui chante !... »

Le chant reprit plus lointainement...

« Tonneaux !... Tonneaux !... Avez-vous des tonneaux à vendre ?... »

« Oh ! oh ! je vous jure, fit le vicomte, que le chant s'éloigne *dans* le tonneau !... »

Nous nous relevâmes et allâmes regarder derrière le tonneau...

« C'est dedans ! faisait M. de Chagny ; c'est dedans !... »

Mais nous n'entendions plus rien... et nous en fûmes réduits à accuser le mauvais état, le trouble réel de nos sens...

Et nous revînmes à la bonde. M. de Chagny mit ses deux mains réunies dessous et, d'un dernier effort, je fis sauter la bonde.

« Qu'est-ce que c'est que ça ? s'écria tout de suite le vicomte... Ce n'est pas de l'eau ! »

Le vicomte avait approché ses deux mains pleines de ma lanterne... Je me penchai sur les mains du vicomte... et, aussitôt, je rejetai ma lanterne si brusquement loin de nous qu'elle se brisa et s'éteignit... et se perdit pour nous...

Ce que je venais de voir dans les mains de M. de Chagny... c'était de la poudre !

XIII

FAUT-IL TOURNER LE SCORPION ? FAUT-IL TOURNER LA SAUTERELLE ?

(Fin du récit du Persan.)

Ainsi, en descendant au fond du caveau, j'avais touché le fin fond de ma pensée redoutable ! Le misérable ne m'avait point trompé avec ses vagues menaces à l'adresse de beaucoup de ceux de la race humaine ! Hors de l'humanité, il s'était bâti loin des hommes un repaire de bête souterraine, bien résolu à tout faire sauter avec lui dans une éclatante catastrophe si ceux du dessus de la terre venaient le traquer dans l'antre où il avait réfugié sa monstrueuse laideur.

La découverte que nous venions de faire nous jeta dans un émoi qui nous fit oublier toutes nos peines passées, toutes nos souffrances présentes... Notre exceptionnelle situation, alors même que tout à l'heure nous nous étions trouvés sur le bord même du suicide, ne nous était pas encore apparue avec plus de précise épouvante. Nous comprenions maintenant tout ce qu'avait voulu dire et tout ce qu'avait dit le monstre à Christine Daaé et tout ce que signifiait l'abominable phrase : « *Oui ou non !... Si c'est non, tout le monde est mort et enterré !...* » Oui, enterré sous les débris de ce qui avait été le grand Opéra de Paris !... Pouvait-on imaginer plus effroyable crime pour quitter le monde dans une apothéose d'horreur ? Préparée pour la tranquillité de sa retraite, la catastrophe allait servir à venger les amours du plus horrible monstre qui se fût encore promené sous les cieux !... « Demain soir, à onze heures, dernier délai !... » Ah ! il avait bien choisi son heure !... Il y aurait beaucoup de monde à la fête !... beaucoup de ceux de la race humaine... là-haut... dans les dessus flamboyants de la maison de musique !... Quel plus beau cortège pourrait-il rêver pour mourir ?... Il allait descendre dans la tombe avec les plus belles épaules du monde, parées de tous les bijoux... Demain soir, onze heures !... Nous devions sauter en pleine représentation... si Christine Daaé disait : Non !... Demain soir, onze heures !... Et comment Christine Daaé ne dirait-elle point : Non ? Est-ce qu'elle ne préférait pas se marier avec la mort même qu'avec ce cadavre vivant ? Est-ce qu'elle n'ignorait pas que de son refus dépendait le sort foudroyant de beaucoup de ceux de la race humaine ?... Demain soir, onze heures !...

Et, en nous traînant dans les ténèbres, en fuyant la poudre, en essayant de retrouver les marches de pierre... car tout là-haut, au-dessus de nos têtes... la trappe qui conduit dans la chambre des miroirs, à son tour s'est éteinte... nous nous répétons : Demain soir, onze heures !...

... Enfin, je retrouve l'escalier... mais tout à coup, je me redresse tout droit sur la première marche, car une pensée terrible m'embrase soudain le cerveau :

« *Quelle heure est-il ?* »

Ah ! quelle heure est-il ? quelle heure !... car enfin, demain soir, onze heures, c'est peut-être aujourd'hui, c'est peut-être tout de suite !... qui pourrait nous dire l'heure qu'il est !... Il me semble que nous sommes enfermés dans cet enfer depuis des jours et des jours... depuis des années... depuis le commencement du monde... Tout cela va peut-être sauter à l'instant !... Ah !... un bruit !... un craquement !... Avez-vous entendu, monsieur ?... Là !... là, dans ce coin... grands dieux !... comme un bruit de mécanique !... Encore !... Ah ! de la lumière !... c'est peut-être la mécanique qui va tout faire sauter !... je vous dis : un craquement... vous êtes donc sourd ?

M. de Chagny et moi, nous nous mettons à crier comme des fous... la peur nous talonne... nous gravissons l'escalier en roulant sur les marches... La trappe est peut-être fermée là-haut ! C'est peut-être cette porte fermée qui fait tout ce noir... Ah ! sortir du noir ! sortir du noir !... Retrouver la clarté mortelle de la chambre des miroirs !...

... Mais nous sommes arrivés en haut de l'escalier... non, la trappe n'est pas fermée, mais il fait aussi noir maintenant dans la chambre des miroirs que dans la cave... que nous quittons !... Nous sortons tout à fait de la cave... nous nous traînons sur le plancher de la chambre des supplices... le plancher qui nous sépare de cette poudrière... quelle heure est-il ?... Nous crions, nous appelons !... M. de Chagny clame, de toutes ses forces renaissantes : « Christine !... Christine !... » Et moi, j'appelle Erik !... je lui rappelle que je lui ai sauvé la vie !... Mais rien ne nous répond !... rien que notre propre désespoir... que notre propre folie... quelle heure est-il ?... « Demain soir, onze heures !... » Nous discutons... nous nous efforçons de mesurer le temps que nous avons passé ici... mais nous sommes incapables de raisonner... Si on pouvait voir seulement le cadran d'une montre, avec des aiguilles qui marchent !... Ma montre est arrêtée depuis longtemps... mais celle de M. de Chagny marche encore... Il me dit qu'il l'a remontée en procédant à sa toilette de soirée, avant de venir à l'Opéra... Nous essayons de tirer de ce fait quelque conclusion qui nous laisse espérer que nous n'en sommes pas encore arrivés à la minute fatale...

... La moindre sorte de bruit qui nous vient par la trappe que j'ai en vain essayé de refermer nous rejette dans la plus atroce angoisse... Quelle heure est-il ?... Nous n'avons plus une allumette sur nous... Et cependant il faudrait savoir... M. de Chagny imagine de briser le verre de sa montre et de tâter les deux aiguilles... Un silence pendant lequel il tâte, il interroge les aiguilles du bout des doigts. L'anneau de la montre lui sert de point de repère !... Il estime, à l'écartement des aiguilles qu'il peut être justement onze heures...

Mais les onze heures qui nous font tressaillir sont peut-être passées, n'est-ce pas ?... Il est peut-être onze heures et dix minutes... et nous aurions au moins encore douze heures devant nous.

Et, tout à coup, je crie :

« Silence ! »

Il m'a semblé entendre des pas dans la demeure à côté.

Je ne me suis pas trompé ! j'entends un bruit de portes, suivi de pas précipités. On frappe contre le mur. La voix de Christine Daaé :

« Raoul ! Raoul ! »

Ah ! nous crions tous à la fois, maintenant, de l'un et de l'autre côté du mur. Christine sanglote, elle ne savait point si elle retrouverait M. de Chagny vivant !... Le monstre a été terrible, paraît-il... Il n'a fait que délirer en attendant qu'elle voulût bien prononcer le « oui » qu'elle lui refusait... Et cependant, elle lui promettait ce « oui » s'il voulait bien la conduire dans la chambre des supplices !... Mais il s'y était obstinément opposé, avec des menaces atroces à l'adresse de tous ceux de la race humaine... Enfin, après des heures et des heures de cet enfer, il venait de sortir à l'instant... la laissant seule pour réfléchir une dernière fois...

...Des heures et des heures !... Quelle heure est-il ? Quelle heure est-il, Christine ?...

« Il est onze heures !... onze heures moins cinq minutes !...

— Mais quelles onze heures ?...

— Les onze heures qui doivent décider de la vie ou de la mort !... Il vient de me le répéter en partant, reprend la voix râlante de Christine... Il est épouvantable !... Il délire et il a arraché son masque et ses yeux d'or lancent des flammes !... Et il ne fait que rire !... Il m'a dit en riant, comme un démon ivre : « Cinq minutes ! Je te laisse seule à cause de ta pudeur bien connue !... Je ne veux pas que tu rougisses devant moi quand tu me diras « oui », comme les timides fiancées !... Que diable ! on sait son monde ! » Je vous ai dit qu'il était comme un démon ivre !... « Tiens ! (et il a puisé dans le petit sac de la vie et de la mort) Tiens ! m'a-t-il dit, voilà la petite clef de bronze qui ouvre les coffrets d'ébène qui sont sur la cheminée de la chambre Louis-Philippe... Dans l'un de ces coffrets, tu trouveras un scorpion et dans l'autre une sauterelle, des animaux très bien imités en bronze du Japon ; ce sont des animaux qui disent oui et non ! C'est-à-dire que tu n'auras qu'à tourner le scorpion sur son pivot, dans la position contraire à celle où tu l'auras trouvé... cela signifiera à mes yeux, quand je rentrerai dans la chambre Louis-Philippe, dans la chambre des fiançailles : *oui !...* La sauterelle, elle, si tu la tournes, voudras dire : *non !* à mes yeux, quand je rentrerai dans la chambre Louis-Philippe, dans la chambre de la

mort !... Et il riait comme un démon ivre ! Moi, je ne faisais que lui réclamer à genoux la clef de la chambre des supplices, lui promettant d'être à jamais sa femme s'il m'accordait cela... Mais il m'a dit qu'on n'aurait plus besoin jamais de cette clef et qu'il allait la jeter au fond du lac !... Et puis, en riant comme un démon ivre, il m'a laissée en me disant qu'il ne reviendrait que dans cinq minutes, à cause qu'il savait tout ce qu'on doit, quand on est un galant homme, à la pudeur des femmes !... Ah ! oui, encore il m'a crié : La sauterelle !... Prends garde à la sauterelle, ça saute !... ça saute !... *ça saute joliment bien !...*

J'essaie ici de reproduire avec des phrases, des mots entrecoupés, des exclamations, le sens des paroles délirantes de Christine !... Car, elle aussi, pendant ces vingt-quatre heures, avait dû toucher le fond de la douleur humaine... et peut-être avait-elle souffert plus que nous !... A chaque instant, Christine s'interrompait et nous interrompait pour s'écrier : « Raoul ! souffres-tu ?... » Et elle tâtait les murs, qui étaient froids maintenant, et elle demandait pour quelle raison ils avaient été si chauds !... Et les cinq minutes s'écoulèrent et, dans ma pauvre cervelle, grattaient de toutes leurs pattes le scorpion et la sauterelle !...

J'avais cependant conservé assez de lucidité pour comprendre que si l'on tournait la sauterelle, la sauterelle sautait... et avec elle beaucoup de ceux de la race humaine ! Point de doute que la sauterelle commandait quelque courant électrique destiné à faire sauter la poudrière !... Hâtivement, M. de Chagny, qui semblait maintenant, depuis qu'il avait réentendu la voix de Christine, avoir recouvré toute sa force morale, expliquait à la jeune fille dans quelle situation formidable nous nous trouvions, nous et tout l'Opéra... *Il fallait tourner le scorpion,* tout de suite...

Ce scorpion, qui répondait au *oui* tant souhaité par Erik, devait être quelque chose qui empêcherait peut-être la catastrophe de se produire.

« Va !... va donc, Christine, ma femme adorée !... » commanda Raoul.

Il y eut un silence.

« Christine, m'écriai-je, où êtes-vous ?

— Auprès du scorpion !

— N'y touchez pas ! »

L'idée m'était venue — car je connaissais mon Erik — que le monstre avait encore trompé la jeune femme. C'était peut-être le scorpion qui allait tout faire sauter. Car, enfin, pourquoi n'était-il pas là, lui ? Il y avait beau temps, maintenant, que les cinq minutes étaient écoulées... et il n'était pas revenu... Et il s'était sans doute mis à l'abri !... Et il attendait peut-être l'explosion formidable... Il n'attendait plus que ça !... Il ne pouvait pas espérer, en vérité, que Christine consentirait jamais à être sa proie volontaire !... Pourquoi n'était-il pas revenu ?... Ne touchez pas au scorpion !...

« Lui !... s'écria Christine. Je l'entends !... Le voilà !... »

. . . .

Il arrivait, en effet. Nous entendîmes ses pas qui se rapprochaient de la chambre Louis-Philippe. Il avait rejoint Christine. Il n'avait pas prononcé un mot...

Alors, j'élevai la voix :

« Erik ! c'est moi ! Me reconnais-tu ? »

A cet appel, il répondit aussitôt sur un ton extraordinairement pacifique :

« Vous n'êtes donc pas morts là dedans ?... Eh bien, tâchez de vous tenir tranquilles. »

Je voulus l'interrompre, mais il me dit si froidement que j'en restai glacé derrière mon mur : « Plus un mot, daroga, ou je fais tout sauter ! »

Et aussitôt il ajouta :

« L'honneur doit en revenir à mademoiselle !... Mademoiselle n'a pas touché au scorpion (comme il parlait posément !) mademoiselle n'a pas touché à la sauterelle (avec quel effrayant sang-froid !), mais il n'est pas trop tard pour bien faire. Tenez, j'ouvre sans clé, moi, car je suis l'amateur de trappes, et j'ouvre et ferme tout ce que je veux, comme je veux... J'ouvre les petits coffrets d'ébène : regardez-y, mademoiselle, dans les petits coffrets d'ébène... les jolies petites bêtes... Sont-elles assez bien imitées... et comme elles paraissent inoffensives... Mais l'habit ne fait pas le moine ! (Tout ceci d'une voix blanche, uniforme.) Si l'on tourne la sauterelle, nous sautons tous, mademoiselle... Il y a sous nos pieds assez de poudre pour faire sauter un quartier de Paris... si

l'on tourne le scorpion, toute cette poudre est noyée !... Mademoiselle, à l'occasion de nos noces, vous allez faire un bien joli cadeau à quelques centaines de Parisiens qui applaudissent en ce moment un bien pauvre chef-d'œuvre de Meyerbeer... Vous allez leur faire cadeau de la vie... car vous allez, mademoiselle, de vos jolies mains — quelle voix lasse était cette voix — vous allez tourner le scorpion !... Et gai, gai, nous nous marierons ! »

Un silence, et puis :

« Si, dans deux minutes, mademoiselle, vous n'avez pas tourné le scorpion — j'ai une montre, ajouta la voix d'Erik, une montre qui marche joliment bien... — moi, je tourne la sauterelle... et la sauterelle, ça saute joliment bien !... »

Le silence reprit plus effrayant à lui tout seul que tous les autres effrayants silences. Je savais que lorsque Erik avait pris cette voix pacifique, et tranquille, et lasse, c'est qu'il était à bout de tout, capable du plus titanesque forfait ou du plus forcené dévouement et qu'une syllabe déplaisante à son oreille pourrait déchaîner l'ouragan. M. de Chagny, lui, avait compris qu'il n'y avait plus qu'à prier, et, à genoux, il priait... Quant à moi, mon sang battait si fort que je dus saisir mon cœur dans ma main, de grand'peur qu'il n'éclatât... C'est que, nous pressentions trop horriblement ce qui se passait en ces secondes suprêmes dans la pensée affolée de Christine Daaé... c'est que nous comprenions son hésitation à tourner le scorpion... Encore une fois, si c'était le scorpion qui allait tout faire sauter !... Si Erik avait résolu de nous engloutir tous avec lui !

Enfin, la voix d'Erik, douce cette fois, d'une douceur angélique...

« Les deux minutes sont écoulées... adieu, mademoiselle !... saute, sauterelle !...

— Erik, s'écria Christine, qui avait dû se précipiter sur la main du monstre, me jures-tu, monstre, me jures-tu sur ton infernal amour, que c'est le scorpion qu'il faut tourner...

— Oui, pour sauter à nos noces...

— Ah ! tu vois bien ! nous allons sauter !

— A nos noces !... innocente enfant !... Le scorpion ouvre le bal !... Mais en voilà assez !... Tu ne veux pas du scorpion ? A moi la sauterelle !

— Erik !...

— Assez !... »

J'avais joint mes cris à ceux de Christine.
M. de Chagny, toujours à genoux, continuait à
prier...

« Erik ! J'ai tourné le scorpion ! !... »

. . . .

Ah ! la seconde que nous avons vécue là !
A attendre !

A attendre que nous ne soyons plus rien que
des miettes, au milieu du tonnerre et des
ruines...

...A sentir craquer sous nos pieds, dans le
gouffre ouvert..., des choses qui pouvaient être
le commencement de l'apothéose d'horreur...
car, par la trappe ouverte dans les ténèbres,
gueule noire dans la nuit noire, un sifflement
inquiétant — comme le premier bruit d'une fusée — venait...

... D'abord tout mince... et puis plus épais...
puis très fort...

Mais écoutez ! écoutez ! et retenez des deux
mains votre cœur prêt à sauter avec beaucoup
de ceux de la race humaine.

Ce n'est point là le sifflement du feu.

Ne dirait-on point une fusée d'eau ?...

A la trappe ! à la trappe !

Ecoutez ! Ecoutez !

Cela fait maintenant glouglou... glouglou...

A la trappe !... à la trappe !... à la trappe !...
Quelle fraîcheur !

A la fraîche ! à la fraîche ! Toute notre soif
qui était partie quand était venue l'épouvante,
revient plus forte avec le bruit de l'eau.

L'eau ! l'eau ! l'eau qui monte !...

Qui monte dans la cave, par-dessus les tonneaux, tous les tonneaux de poudre (tonneaux !
tonneaux !... avez-vous des tonneaux à vendre ?)
l'eau !... l'eau vers laquelle nous descendons
avec des gorges embrasées... l'eau qui monte
jusqu'à nos mentons, jusqu'à nos bouches...

Et nous buvons... Au fond de la cave, nous
buvons, à même la cave...

Et nous remontons, dans la nuit noire, l'escalier, marche à marche, l'escalier que nous
avions descendu au-devant de l'eau et que nous
remontons avec l'eau.

Vraiment, voilà bien de la poudre perdue et
bien noyée ! à grande eau !... C'est de la belle
besogne ! On ne regarde pas à l'eau, dans la

demeure du Lac ! Si ça continue, tout le lac va
entrer dans la cave...

Car, en vérité, on ne sait plus maintenant où
elle va s'arrêter...

Nous voici sortis de la cave et l'eau monte
toujours...

Et l'eau aussi sort de la cave, s'épand sur le
plancher... Si cela continue, toute la demeure
du Lac va en être inondée. Le plancher de la
chambre des miroirs est lui-même un vrai petit lac dans lequel nos pieds barbotent. C'est
assez d'eau comme cela ! Il faut qu'Erik ferme
le robinet : Erik ! Erik ! Il y a assez d'eau pour
la poudre ! Tourne le robinet ! Ferme le scorpion !

Mais Erik ne répond pas... On n'entend plus
rien que l'eau qui monte... nous en avons maintenant jusqu'à mi-jambe !...

« Christine ! Christine ! l'eau monte ! monte
jusqu'à nos genoux, » crie M. de Chagny.

Mais Christine ne répond pas... on n'entend
plus rien que l'eau qui monte.

Rien ! rien ! dans la chambre à côté... Plus
personne ! personne pour tourner le robinet !
personne pour fermer le scorpion !

Nous sommes tout seuls, dans le noir, avec
l'eau noire qui nous étreint, qui grimpe, qui
nous glace ! Erik ! Erik ! Christine ! Christine !

Maintenant, nous avons perdu pied et nous
tournons dans l'eau, emportés dans un mouvement de rotation irrésistible, car l'eau tourne
avec nous et nous nous heurtons aux miroirs
noirs qui nous repoussent... et nos gorges sou-
levées au-dessus du tourbillon hurlent...

Est-ce que nous allons mourir ici ? noyés
dans la chambre des supplices ?... Je n'ai jamais vu ça ? Erik, au temps des *heures roses
de Mazenderan*, ne m'a jamais montré cela
par la petite fenêtre invisible !... Erik ! Erik !
Je t'ai sauvé la vie ! Souviens-toi !... Tu étais
condamné !... Tu allais mourir !... Je t'ai ouvert les portes de la vie !... Erik !...

Ah ! nous tournons dans l'eau comme des
épaves !..

Mais j'ai saisi tout à coup de mes mains éga-
rées le tronc de l'arbre de fer !... et j'appelle
M. de Chagny... et nous voilà tous les deux suspendus à la branche de l'arbre de fer...

Et l'eau monte toujours !

Ah ! ah ! rappelez-vous ! combien y a-t-il d'espace entre la branche de l'arbre de fer et le plafond en coupole de la chambre des miroirs ?... Tâchez à vous souvenir !... Après tout, l'eau va peut-être s'arrêter... elle trouvera sûrement son niveau... Tenez ! il me semble qu'elle s'arrête !... Non ! non ! horreur !... A la nage ! A la nage !... nos bras qui nagent s'enlacent ; nous étouffons !... nous nous battons dans l'eau noire !... nous avons déjà peine à respirer l'air noir au-dessus de l'eau noire... l'air qui fuit, que nous entendons fuir au-dessus de nos têtes par je ne sais quel appareil de ventilation... Ah ! tournons ! tournons ! tournons jusqu'à ce que nous ayons trouvé la bouche d'air... nous collerons notre bouche à la bouche d'air... Mais les forces m'abandonnent, j'essaie de me raccrocher aux murs ! Ah ! comme les parois de glace sont glissantes à mes doigts qui cherchent... Nous tournons encore !... Nous enfonçons... Un dernier effort !... Un dernier cri !... Erik !... Christine !... glou, glou, glou !... dans les oreilles !... glou, glou, glou !... au fond de l'eau noire, nos oreilles font glouglou !... Et il me semble encore, avant de perdre tout à fait connaissance, entendre entre deux glouglous... « Tonneaux !... tonneaux !... Avez-vous des tonneaux à vendre ? »

XIV

LA FIN DES AMOURS DU FANTOME

C'est ici que se termine le récit *écrit* que m'a laissé le Persan.

Malgré l'horreur d'une situation qui semblait définitivement les vouer à la mort, M. de Chagny et son compagnon furent sauvés par le dévouement sublime de Christine Daaé. Et je tiens tout le reste de l'aventure de la bouche du daroga lui-même.

Quand j'allai le voir, il habitait toujours son petit appartement de la rue de Rivoli, en face des Tuileries. Il était bien malade et il ne fallait rien moins que toute mon ardeur de reporter historien au service de la vérité pour le décider à revivre avec moi l'incroyable drame. C'était toujours son vieux fidèle domestique Darius qui le servait et me conduisait auprès de lui. Le daroga me recevait au coin de la fenêtre qui regarde le jardin, assis dans un vaste fauteuil où il essayait de redresser un torse qui n'avait pas dû être sans beauté. Notre Persan avait encore ses yeux magnifiques, mais son pauvre visage était bien fatigué. Il avait fait raser entièrement sa tête qu'il couvrait à l'ordinaire d'un bonnet d'astrakan ; il était habillé d'une vaste houppelande très simple dans les manches de laquelle il s'amusait inconsciemment à tourner les pouces, mais son esprit était resté fort lucide.

Il ne pouvait se rappeler les affres anciennes sans être repris d'une certaine fièvre et c'est par bribes que je lui arrachai la fin surprenante de cette étrange histoire. Parfois, il se faisait prier longtemps pour répondre à mes questions, et parfois exalté par ses souvenirs, il évoquait spontanément devant moi, avec un relief saisissant, l'image effroyable d'Erik et les terribles heures que M. de Chagny et lui avaient vécues dans la demeure du Lac.

Il fallait voir le frémissement qui l'agitait quand il me dépeignait son réveil dans la pénombre inquiétante de la chambre Louis-Philippe... après le drame des eaux... Et voici la fin de cette terrible histoire, telle qu'il me l'a racontée de façon à compléter le récit écrit qu'il avait bien voulu me confier :

En ouvrant les yeux, le *daroga* s'était vu étendu sur un lit... M. de Chagny était couché sur un canapé, à côté de l'armoire à glace. Un ange et un démon veillaient sur eux...

Après les mirages et illusions de la chambre des supplices, la précision des détails bourgeois de cette petite pièce tranquille semblait avoir été encore inventée dans le dessein de dérouter l'esprit du mortel assez téméraire pour s'égarer dans ce domaine du cauchemar vivant. Ce lit-bateau, ces chaises d'acajou ciré, cette commode et ces cuivres, le soin avec lequel ces petits carrés de dentelle au crochet étaient placés sur le dos des fauteuils, la pendule et de chaque côté de la cheminée les petits coffrets à l'apparence si inoffensive... enfin, cette étagère garnie de coquillages, de pelotes rouges pour les épingles, de bateaux en nacre et d'un énorme œuf d'autruche... le tout éclairé discrètement par une lampe à abat-jour posée sur un guéridon... tout ce mobilier qui était d'une laideur ménagère touchante, si paisible, si raisonnable *au fond des caves de l'Opéra,* déconcertait l'imagination plus que toutes les fantasmagories passées.

Et l'ombre de l'homme au masque, dans ce petit cadre vieillot, précis et proplet, n'en apparaissait que plus formidable. Elle se courba jusqu'à l'oreille du Persan et lui dit à voix basse :

« Ça va mieux, daroga ?... Tu regardes mon mobilier ?... C'est tout ce qui me reste de ma pauvre misérable mère... »

Il lui dit encore des choses qu'il ne se rappelait plus ; mais — et cela lui paraissait bien singulier — le Persan avait le souvenir précis que, pendant cette vision surannée de la chambre Louis-Philippe, seul Erik parlait. Christine Daaé ne disait pas un mot ; elle se déplaçait sans bruit et comme une sœur de charité qui aurait fait vœu de silence... Elle apportait dans une tasse un cordial... ou du thé fumant... L'homme au masque la lui prenait des mains et la tendait au Persan.

Quant à M. de Chagny, il dormait...

Erik dit en versant un peu de rhum dans la tasse du daroga et en lui montrant le vicomte étendu :

« Il est revenu à lui bien avant que nous puissions savoir *si vous seriez encore vivant un jour, daroga.* Il va très bien... Il dort... Il ne faut pas le réveiller.

Un instant, Erik quitta la chambre et le Persan, se soulevant sur son coude, regarda autour de lui... Il aperçut, assise au coin de la cheminée, la silhouette blanche de Christine Daaé. Il lui adressa la parole... il l'appela... mais il était encore très faible et il retomba sur l'oreiller... Christine vint à lui, lui posa la main sur le front, puis s'éloigna... Et le Persan se rappela qu'alors, en s'en allant, elle n'eut pas un regard pour M. de Chagny qui, à côté, il est vrai, bien tranquillement, dormait... et elle retourna s'asseoir dans son fauteuil, au coin de la cheminée, silencieuse comme une sœur de charité qui a fait vœu de silence...

Erik revint avec de petits flacons qu'il déposa sur la cheminée. Et tout bas encore, pour ne pas éveiller M. de Chagny, il dit au Persan, après s'être assis à son chevet, et lui avoir tâté le pouls :

« Maintenant, vous êtes sauvés tous les deux. Et je vais tantôt vous reconduire sur le dessus de la terre, *pour faire plaisir à ma femme.* »

Sur quoi il se leva, sans autre explication, et disparut encore.

Le Persan regardait maintenant le profil tranquille de Christine Daaé sous la lampe. Elle lisait dans un tout petit livre à tranche dorée, comme on en voit aux livres religieux. *L'Imitation* a de ces éditions-là. Et le Persan avait encore dans l'oreille le ton naturel avec lequel l'autre avait dit : Pour faire plaisir à ma femme...

Tout doucement, le daroga appela encore, mais Christine devait *lire très loin, car elle* n'entendit pas...

Erik revint... fit boire au daroga une potion, après lui avoir recommandé de ne plus adresser une parole à « sa femme » ni à personne, *parce que cela pouvait être très dangereux pour la santé de tout le monde.*

A partir de ce moment, le Persan se souvient encore de l'ombre noire d'Erik et de la silhouette blanche de Christine qui glissaient toujours en silence à travers la chambre, se penchaient au-dessus de lui et au-dessus de M. de Chagny. Le Persan était encore très faible et le moindre bruit, la porte de l'armoire à glace qui s'ouvrait en grinçant, par exemple, lui faisait mal à la tête... et puis il s'endormit comme M. de Chagny.

Cette fois, il ne devait plus se réveiller que chez lui, soigné par son fidèle Darius, qui lui apprit qu'on l'avait, la nuit précédente, trouvé contre la porte de son appartement, où il avait dû être transporté par un inconnu, lequel avait eu soin de sonner avant de s'éloigner.

Aussitôt que le daroga eut recouvré ses forces et sa responsabilité, il envoya demander des nouvelles du vicomte au domicile du comte Philippe.

Il lui fut répondu que le jeune homme n'avait

pas reparu et que le comte Philippe était mort. On avait trouvé son cadavre sur la berge du Lac de l'Opéra, du côté de la rue Scribe. Le Persan se rappela la messe funèbre à laquelle il avait assisté derrière le mur de la chambre des miroirs et il ne douta plus du crime ni du criminel. Sans peine, hélas ! connaissant Erik, il reconstitua le drame. Après avoir cru que son frère avait enlevé Christine Daaé, Philippe s'était précipité à sa poursuite sur cette route de Bruxelles, où il savait que tout était préparé pour une telle aventure. N'y ayant point rencontré les jeunes gens, il était revenu à l'Opéra, s'était rappelé les étranges confidences de Raoul sur son fantastique rival, avait appris que le vicomte avait tout tenté pour pénétrer dans les dessous du théâtre et enfin qu'il avait disparu, laissant son chapeau dans la loge de la diva, à côté d'une boîte de pistolets. Et le comte, qui ne doutait plus de la folie de son frère, s'était à son tour lancé dans cet infernal labyrinthe souterrain. En fallait-il davantage, aux yeux du Persan, pour que l'on retrouvât le cadavre du comte sur la berge du Lac, où veillait le chant de la sirène, la sirène d'Erik, cette concierge du Lac des Morts ?

Aussi le Persan n'hésita pas. Epouvanté de ce nouveau forfait, ne pouvant rester dans l'incertitude où il se trouvait relativement au sort définitif du vicomte et de Christine Daaé, il se décida à tout dire à la justice.

Or, l'instruction de l'affaire avait été confiée à M. le juge Faure et c'est chez lui qu'il s'en alla frapper. On se doute de quelle sorte un esprit sceptique, terre à terre, superficiel (je le dis comme je le pense) et nullement préparé à une telle confidence, reçut la déposition du daroga. Celui-ci fut traité comme un fou.

Le Persan, désespérant de se faire jamais entendre, s'était mis alors à écrire. Puisque la justice ne voulait pas de son témoignage, la presse s'en emparerait peut-être, et il venait un soir de tracer la dernière ligne du récit que j'ai fidèlement rapporté ici quand son domestique Darius lui annonça un étranger qui n'avait point dit son nom, dont il était impossible de voir le visage et qui avait déclaré simplement qu'il ne quitterait la place qu'après avoir parlé au *daroga*.

Le Persan, pressentant immédiatement la personnalité de ce singulier visiteur, ordonna qu'on l'introduisît sur-le-champ.

Le daroga ne s'était pas trompé.

C'était le Fantôme ! C'était Erik !

Il paraissait d'une faiblesse extrême et se retenait au mur comme s'il craignait de tomber... Ayant enlevé son chapeau, il montra un front d'une pâleur de cire. Le reste du visage était caché par le masque.

Le Persan s'était dressé devant lui.

« Assassin du comte Philippe, qu'as-tu fait de son frère et de Christine Daaé ? »

A cette apostrophe formidable, Erik chancela et garda un instant le silence, puis, s'étant traîné jusqu'au fauteuil, il s'y laissa tomber en poussant un profond soupir. Et là, il dit à petites phrases, à petits mots, à court souffle :

« *Daroga*, ne me parle pas du comte Philippe... Il était mort... déjà... quand je suis sorti de ma maison... il était mort... déjà... quand... la sirène a chanté... c'est un accident... un triste... un... lamentablement triste... accident... Il était tombé bien maladroitement et simplement et naturellement dans le Lac !...

— Tu mens ! » s'écria le Persan.

Alors Erik courba la tête et dit :

« Je ne viens pas ici... pour te parler du comte Philippe... mais pour te dire que... je vais mourir...

— Où sont Raoul de Chagny et Christine Daaé ?...

— Je vais mourir.

— Raoul de Chagny et Christine Daaé ?

— ... d'amour... daroga... je vais mourir d'amour... c'est comme cela... je l'aimais tant !... Et je l'aime encore, daroga, puisque j'en meurs, je te dis... Si tu savais comme elle était belle quand elle m'a permis de l'embrasser *vivante*, sur son salut éternel... C'était la première fois, *daroga*, la première fois, tu entends, que j'embrassais une femme... Oui, vivante, je l'ai embrassée vivante et elle était belle comme une morte ?... »

Le Persan s'était levé et il avait osé toucher Erik. Il lui secoua le bras.

« Me diras-tu enfin si elle est morte ou vivante ?...

— Pourquoi me secoues-tu ainsi ? répondit Erik avec effort... Je te dis que c'est moi qui

vais mourir... oui, je l'ai embrassée vivante...
— Et maintenant, elle est morte ?

— Je te dis que je l'ai embrassée comme ça sur le front... et elle n'a point retiré son front de ma bouche !... Ah ! c'est une honnête fille ! Quant à être morte, je ne le pense pas, bien que cela ne me regarde plus... Non ! non ! elle n'est pas morte ! Et il ne faudrait pas que j'apprenne que quelqu'un a touché un cheveu de sa tête ! C'est une brave et honnête fille qui t'a sauvé la vie, par-dessus le marché, daroga, dans un moment où je n'aurais pas donné deux sous de ta peau de Persan. Au fond, personne ne s'occupait de toi. Pourquoi étais-tu là avec ce petit jeune homme ? Tu allais mourir par-dessus le marché ! Ma parole, elle me suppliait pour son petit jeune homme, mais je lui avais répondu que, puisqu'elle avait tourné le scorpion, j'étais devenu par cela même, et de sa bonne volonté, son fiancé et qu'elle n'avait pas besoin de deux fiancés, ce qui était assez juste ; quant à toi, tu n'existais pas, tu n'existais déjà plus, je te le répète, et tu allais mourir avec l'autre fiancé !

Seulement, écoute bien, daroga, comme vous criiez comme des possédés à cause de l'eau, Christine est venue à moi, ses beaux grands yeux bleus ouverts et elle m'a juré, sur son salut éternel, qu'elle consentait *à être ma femme vivante !* Jusqu'alors, dans le fond de ses yeux, daroga, j'avais toujours vu ma femme morte ; c'était la première fois que j'y voyais *ma femme vivante.* Elle était sincère, sur son salut éternel. Elle ne se tuerait point. Marché conclu. Une demi-minute plus tard, toutes les eaux étaient retournées au Lac, et je tirais ta langue, daroga, car j'ai bien cru, ma parole, que tu y resterais !... Enfin !... Voilà ! C'était entendu ! je devais vous reporter chez vous sur le dessus de la terre. Enfin, quand vous m'avez eu débarrassé le plancher de la chambre Louis-Philippe, j'y suis revenu, moi, tout seul.

— Qu'avais-tu fait du vicomte de Chagny ? interrompit le Persan.

— Ah ! tu comprends... celui-là, daroga, je n'allais pas comme ça le reporter tout de suite sur le dessus de la terre... C'était un otage... Mais je ne pouvais pas non plus le conserver dans la demeure du lac, à cause de Christine ;

alors je l'ai enfermé bien confortablement, je l'ai enchaîné proprement (le parfum de Mazenderan l'avait rendu mou comme une chiffe) dans le caveau des communards qui est dans la partie la plus déserte de la plus lointaine cave de l'Opéra, plus bas que le cinquième dessous, là où personne ne va jamais et d'où l'on ne peut se faire entendre de personne. J'étais bien tranquille et je suis revenu auprès de Christine. Elle m'attendait... »

A cet endroit de son récit, il paraît que le Fantôme se leva si solennellement que le Persan qui avait repris sa place dans son fauteuil dut se lever, lui aussi, comme obéissant au même mouvement et sentant qu'il était impossible de rester assis dans un moment aussi solennel et même (m'a dit le Persan lui-même) il ôta, bien qu'il eût la tête rase, son bonnet d'astrakan.

« Oui ! Elle m'attendait, reprit Erik, qui se prit à trembler comme une feuille, mais à trembler d'une vraie émotion solennelle... elle m'attendait toute droite, vivante, comme une vraie fiancée vivante, sur son salut éternel... Et quand je me suis avancé, plus timide qu'un petit enfant, elle ne s'est point sauvée... non, non... elle est restée... elle m'a attendu... je crois bien même, daroga, qu'elle a un peu... oh ! pas beaucoup... mais un peu, comme une fiancée vivante, tendu son front... Et... et... je l'ai... embrassée !... Moi !... moi !... moi !... Et elle n'est pas morte !... Et elle est restée tout naturellement à côté de moi, après que je l'ai eu embrassée, comme ça... sur le front... Ah ! que c'est bon, daroga, d'embrasser quelqu'un !... Tu ne peux pas savoir, toi !... Mais moi ! moi !... Ma mère, daroga, ma pauvre misérable mère n'a jamais voulu que je l'embrasse... Elle se sauvait... en me jetant mon masque !... ni aucune femme !... jamais !... jamais !... Ah ! ah ! ah ! Alors, n'est-ce pas... d'un pareil bonheur, n'est-ce pas, j'ai pleuré. Et je suis tombé en pleurant à ses pieds... et j'ai embrassé ses pieds... ses petits pieds, en pleurant... Toi aussi tu pleures, daroga ; et elle aussi pleurait... l'ange a pleuré !... »

Comme il racontait ces choses, Erik sanglotait et le Persan, en effet, n'avait pu retenir ses larmes devant cet homme masqué qui, les épaules secouées, les mains à la poitrine, tantôt râlait de douleur et tantôt d'attendrissement.

« ... Oh ! daroga, j'ai senti ses larmes couler sur mon front à moi ! à moi ! Elles étaient chaudes... elles étaient douces ! elles allaient partout sous mon masque, ses larmes ! elles allaient se mêler à mes larmes dans mes yeux !... elles coulaient jusque dans ma bouche... Ah ! ses larmes à elle, sur moi ! Ecoute, daroga, écoute, ce que j'ai fait... J'ai arraché mon masque pour ne pas perdre une seule de ses larmes... Et elle ne s'est pas enfuie !... Et elle n'est pas morte ! Elle est restée vivante, à pleurer... sur moi... avec moi... Nous avons pleuré ensemble !... Seigneur du ciel ! vous m'avez donné tout le bonheur du monde !... »

Et Erik s'était effondré, râlant sur le fauteuil.

« Ah ! je ne vais pas encore mourir... tout de suite... mais laisse-moi pleurer ! » avait-il dit au Persan.

Au bout d'un instant, l'Homme au masque avait repris :

« Ecoute, daroga... écoute bien cela... pendant que j'étais à ses pieds... j'ai entendu qu'elle disait : « *Pauvre malheureux Erik !* » *et elle a pris ma main !...* Moi, je n'ai plus été, tu comprends, qu'un pauvre chien prêt à mourir pour elle... comme je te le dis, daroga ! »

Figure-toi que j'avais dans la main un anneau, un anneau d'or que je lui avais donné... qu'elle avait perdu... et que j'ai retrouvé... une alliance, quoi !... Je le lui ai glissé dans sa petite main et je lui ai dit : Tiens !... prends ça !... prends ça pour toi... et pour lui... Ce sera mon cadeau de noces... le cadeau du *pauvre malheureux Erik...* Je sais que tu l'aimes, le jeune homme... ne pleure plus !... Elle m'a demandé, d'une voix bien douce, ce que je voulais dire ; alors, je lui ai fait comprendre, et elle a compris tout de suite que je n'étais pour elle qu'un pauvre chien prêt à mourir... mais qu'elle, elle pourrait se marier avec le jeune homme quand elle voudrait, parce qu'elle avait pleuré avec moi... Ah ! daroga... tu penses... que... lorsque je lui disais cela, c'était comme si je découpais bien tranquillement mon cœur en quatre, mais elle avait pleuré avec moi... et elle avait dit :

« Pauvre malheureux Erik !... »

L'émotion d'Erik était telle qu'il dut avertir le Persan de ne point le regarder, car il étouffait et il était dans la nécessité d'ôter son masque. A ce propos le daroga m'a raconté qu'il était allé lui-même à la fenêtre et qu'il l'avait ouverte le cœur soulevé de pitié, mais en prenant grand soin de fixer la cime des arbres du jardin des Tuileries pour ne point rencontrer le visage du monstre.

« Je suis allé, avait continué Erik, délivrer le jeune homme et je lui ai dit de me suivre auprès de Christine... Ils se sont embrassés devant moi dans la chambre Louis-Philippe... Christine avait mon anneau... J'ai fait jurer à Christine que lorsque je serais mort elle viendrait une nuit, en passant par le Lac de la rue Scribe, m'enterrer en grand secret avec l'anneau d'or qu'elle aurait porté jusqu'à cette minute-là... je lui ai dit comment elle trouverait mon corps et ce qu'il fallait en faire... Alors, Christine m'a embrassée pour la première fois, à son tour, là, sur le front... (ne regarde pas, daroga !) là, sur le front... sur mon front à moi !... (ne regarde pas, daroga !) et ils sont partis tous les deux... Christine ne pleurait plus..., moi seul, je pleurais... daroga, daroga... si Christine tient son serment, elle reviendra bientôt !... »

Et Erik s'était tu. Le Persan ne lui avait plus posé aucune question. Il était rassuré tout à fait sur le sort de Raoul de Chagny et de Christine Daaé, et aucun de ceux de la race humaine n'aurait pu, après l'avoir entendue cette nuit-là, mettre en doute la parole d'Erik qui pleurait.

Le monstre avait remis son masque et rassemblé ses forces pour quitter le daroga. Il lui avait annoncé que, lorsqu'il sentirait sa fin très prochaine, il lui enverrait, pour le remercier du bien que celui-ci lui avait voulu autrefois, ce qu'il avait de plus cher au monde : tous les papiers de Christine Daaé, qu'elle avait écrits dans le moment même de cette aventure à l'intention de Raoul, et qu'elle avait laissés à Erik, et quelques objets qui lui venaient d'elle, deux mouchoirs, une paire de gants et un nœud de soulier. Sur une question du Persan, Erik lui apprit que les deux jeunes gens, aussitôt qu'ils s'étaient vus libres, avaient résolu d'aller chercher un prêtre au fond de quelque solitude où ils cacheraient leur bonheur et qu'ils avaient pris, dans ce dessein, « la gare du Nord du Monde ». Enfin Erik comptait sur le Persan, pour, aussitôt que celui-ci aurait reçu les reliques et les papiers promis, il annonçât sa mort aux deux jeunes gens. Il devrait pour cela payer une ligne aux annonces nécrologiques du journal l'*Epoque*.

C'était tout.

Le Persan avait reconduit Erik jusqu'à la porte de son appartement et Darius l'avait accompagné jusque sur le trottoir, en le soutenant. Un fiacre attendait. Erik y monta. Le Persan, qui était revenu à la fenêtre, l'entendit dire au cocher : « Terre-plein de l'Opéra ».

Et puis, le fiacre s'était enfoncé dans la nuit. Le Persan avait, pour la dernière fois, vu le pauvre malheureux Erik.

Trois semaines plus tard, le journal l'*Epoque* avait publié cette annonce nécrologique :

« ERIK EST MORT. »

Telle est la véridique histoire du Fantôme de l'Opéra. Comme je l'annonçais au début de cet ouvrage, on ne saurait douter maintenant qu'Erik ait réellement vécu. Trop de preuves de cette existence sont mises aujourd'hui à la portée de chacun pour qu'on ne puisse suivre, *raisonnablement*, les faits et les gestes d'Erik à travers tout le drame des Chagny.

Il n'est point besoin de répéter ici combien cette affaire passionna la capitale. Cette artiste enlevée, le comte de Chagny mort dans des conditions si exceptionnelles, son frère disparu et le triple sommeil des employés de l'éclairage à l'Opéra !... Quels drames ! quelles passions ! quels crimes s'étaient déroulés autour de l'idylle de Raoul et de la douce et charmante Christine !... Qu'était devenue la sublime et mystérieuse cantatrice dont la terre ne devait plus jamais, jamais entendre parler ?... On la représenta comme la victime de la rivalité des deux frères, et nul n'imagina ce qui s'était passé ; nul ne comprit que puisque Raoul et Christine avaient disparu tous deux, les deux fiancés s'étaient retirés loin du monde pour goûter un bonheur qu'ils n'eussent point voulu public, après la mort inexpliquée du comte Philippe... Ils avaient pris un jour un train à la gare du Nord du Monde... Moi aussi, peut-être, un jour, je prendrai le train à cette gare-là et j'irai chercher autour de tes lacs, ô Norvège ! ô silencieuse Scandinavie ! les traces peut-être encore vivantes de Raoul et de Chris-

tine, et aussi de la maman Valérius, qui disparut également dans le même temps !... Peut-être un jour, entendrai-je de mes oreilles l'Echo solitaire du Nord du Monde répéter le chant de celle qui a connu l'Ange de la Musique ?...

Bien après que l'affaire, par les soins inintelligents de M. le juge d'instruction Faure, fut classée, la presse, de temps à autre, cherchait encore à pénétrer le mystère... et continuait à se demander où était la main monstrueuse qui avait préparé et exécuté tant d'inouïes catastrophes ! (Crime et disparition.)

Un journal du boulevard, qui était au courant de tous les potins de coulisses, avait été le seul à écrire :

« Cette main est celle du Fantôme de l'Opéra. »

Et encore il l'avait fait naturellement sur le mode ironique.

Seul le Persan qu'on n'avait pas voulu entendre et qui ne renouvela point, après la visite d'Erik, sa première tentative auprès de la justice, possédait toute la vérité.

Et il en détenait les preuves principales qui lui étaient venues avec les pieuses reliques annoncées par le Fantôme...

Ces preuves, il m'appartenait de les compléter, avec l'aide du daroga lui-même. Je le mettais au jour le jour au courant de mes recherches et il les guidait. Depuis des années et des années il n'était point retourné à l'Opéra, mais il avait conservé du monument le souvenir le plus précis et il n'était point de meilleur guide pour m'en faire découvrir les coins les plus cachés. C'est encore lui qui m'indiquait les sources où je pouvais puiser, les personnages à interroger ; c'est lui qui me poussa à frapper à la porte de M. Poligny, dans le moment que le pauvre homme était quasi à l'agonie. Je ne le savais point si bas et je n'oublierai jamais l'effet que produisirent sur lui mes questions relatives au fantôme. Il me regarda, comme s'il voyait le diable et ne me répondit que par quelques phrases sans suite, mais qui attestaient (c'était là l'essentiel) combien F. de l'O, avait, dans son temps, jeté la perturbation dans cette vie déjà très agitée (M. Poligny était ce que l'on est convenu d'appeler un viveur).

Quand je rapportai au Persan le mince résultat de ma visite à M. Poligny, le *daroga* eut un vague sourire et me dit : « Jamais Poligny n'a su combien cette extraordinaire crapule d'Erik (tantôt le Persan parlait d'Erik comme d'un dieu, tantôt comme d'une vile canaille) l'a fait « marcher ». Poligny était superstitieux et Erik le savait. Erik savait aussi beaucoup de choses sur les affaires publiques et privées de l'Opéra.

Quand M. Poligny entendit une voix mystérieuse lui raconter, dans la loge n° 5, l'emploi qu'il faisait de son temps et de la confiance de son associé, il ne demanda pas son reste. Frappé d'abord comme par une voix du ciel, il se crut damné, et puis, comme la voix lui demandait de l'argent, il vit bien à la fin qu'il était joué par un maître chanteur dont Debienne lui-même fut victime. Tous deux, las déjà de leur direction pour de nombreuses raisons, s'en allèrent, sans essayer de connaître plus à fond la personnalité de cet étrange F. de l'O., qui leur avait fait parvenir un si singulier cahier des charges. Ils léguèrent tout le mystère à la direction suivante en poussant un gros soupir de satisfaction, bien débarrassés d'une histoire qui les avait fort intrigués sans les faire rire ni l'un ni l'autre.

Ainsi s'exprima le Persan sur le compte de MM. Debienne et Poligny. A ce propos, je lui parlai de leurs successeurs et je m'étonnai que dans les *Mémoires d'un Directeur*, de M. Moncharmin, on parlât d'une façon si complète des faits et gestes de F. de l'O., dans la première partie, pour en arriver à ne plus rien en dire ou à peu près dans la seconde. A quoi le Persan, qui connaissait ces Mémoires comme s'il les avait écrits, me fit observer que je trouverais l'explication de toute l'affaire si je prenais la peine de réfléchir aux quelques lignes que, dans la seconde partie précisément de ces Mémoires, Moncharmin a bien voulu consacrer encore au Fantôme. Voici ces lignes, qui nous intéressent, du reste, tout particulièrement, puisqu'on y trouve relatée la manière fort simple dont se termina la fameuse histoire des vingt mille francs :

« A propos de F. de l'O. (c'est M. Moncharmin qui parle), dont j'ai narré ici même, au commencement de mes Mémoires, quelques-unes des singulières fantaisies, je ne veux plus dire qu'une chose, c'est qu'il racheta par un beau geste tous les tracas qu'il avait causés à mon cher collaborateur et, je dois bien l'avouer, à moi-même. Il jugea sans doute qu'il y avait des limites à toute plaisanterie, surtout quand elle coûte aussi cher et quand le commissaire de police est « saisi », car, à la minute même où nous avions donné rendez-vous dans notre cabinet à M. Mifroid pour lui conter toute l'histoire, quelques jours après la disparition de Christine Daaé, nous trouvâmes sur le bureau de Richard, dans une belle enveloppe sur laquelle on lisait à l'encre rouge : *De la part de F. de l'O.*, les sommes assez importantes qu'il avait réussi à faire sortir momentanément, et dans une manière de jeu, de la caisse directoriale. Richard fut aussitôt d'avis qu'on devait s'en tenir là et ne point pousser l'affaire. Je consentis à être de l'avis de Richard. Et tout est bien qui finit bien. N'est-ce pas, mon cher F. de l'O. ? »

Evidemment, Moncharmin, surtout après cette restitution, continuait à croire qu'il avait été un moment le jouet de l'imagination burlesque de Richard, comme, de son côté, Richard ne cessa point de croire que Moncharmin s'était, pour se venger de quelques plaisanteries, amusé à inventer toute l'affaire du F. de l'O.

N'était-ce point le moment de demander au Persan de m'apprendre par quel artifice le Fantôme faisait disparaître vingt mille francs dans la poche de Richard, malgré l'épingle de nourrice. Il me répondit qu'il n'avait point approfondi ce léger détail, mais que, si je voulais bien « travailler » sur les lieux moi-même, je devais certainement trouver la clef de l'énigme dans le bureau directorial lui-même, en me souvenant qu'Erik n'avait pas été surnommé pour rien *l'amateur de trappes*. Et je promis au Persan de me livrer, aussitôt que j'en aurais le temps, à d'utiles investigations de ce côté. Je dirai tout de suite au lecteur que les résultats de ces investigations furent parfaitement satisfaisants. Je ne croyais point, en vérité, découvrir tant de preuves indéniables de l'authenticité des phénomènes attribués au Fantôme.

Et il est bon que l'on sache que les papiers du Persan, ceux de Christine Daaé, les déclarations qui me furent faites par les anciens collaborateurs de MM. Richard et Moncharmin et par la petite Meg elle-même (cette excellente Mme Giry étant, hélas ! trépassée) et par la Sorelli, qui est retraitée maintenant à Louveciennes — il est bon, dis-je, que l'on sache que tout cela, qui constitue les pièces documentaires de l'existence du Fantôme, pièces que je vais déposer aux archives de l'Opéra, se trouve contrôlé par plusieurs découvertes importantes dont je puis tirer justement quelque fierté.

Si je n'ai pu retrouver la demeure du Lac, Erik en ayant définitivement condamné toutes les entrées secrètes (et encore je suis sûr qu'il serait facile d'y pénétrer si l'on procédait au dessèchement du Lac, comme je l'ai plusieurs fois demandé à l'administration des beaux-arts) (1), je n'ai ai pas moins découvert le couloir secret des communards, dont la paroi de planches tombe par endroits en ruines ; et, de même, j'ai mis à jour la trappe par laquelle le

Persan et Raoul descendirent dans les dessous du théâtre. J'ai relevé, dans le cachot des communards, beaucoup d'initiales tracées sur les murs par les malheureux qui furent enfermés là et, parmi ces initiales, un R. et un C. — R C ? Ceci n'est-il point significatif ? Raoul de Chagny ! Les lettres sont encore aujourd'hui très visibles. Je ne me suis pas, bien entendu, arrêté là. Dans le premier et le troisième dessous, j'ai fait jouer deux trappes d'un système pivotant, tout à fait inconnues aux machinistes, qui n'usent que de trappes à glissade horizontale.

Enfin, je puis dire, en toute connaissance de cause, au lecteur : « Visitez un jour l'Opéra, demandez à vous y promener en paix sans cicerone stupide, entrez dans la loge n° 5 et frappez sur l'énorme colonne qui sépare cette loge de l'avant-scène ; frappez avec votre canne ou avec votre poing et écoutez... jusqu'à hauteur de votre tête : *la colonne sonne le creux !* Et après cela, ne vous étonnez point qu'elle ait pu être habitée par la voix du Fantôme ; il y a, dans cette colonne, de la place pour deux hommes. Que si vous vous étonnez que lors des phénomènes de la loge n° 5 nul ne se soit retourné vers cette colonne, n'oubliez pas qu'elle offre l'aspect du marbre massif et que la voix qui était enfermée semblait plutôt venir du côté opposé (car la voix du fantôme ventriloque venait d'où il voulait). La colonne est travaillée, sculptée, fouillée et trifouillée par le ciseau de l'artiste. Je ne désespère pas de découvrir un jour le morceau de sculpture qui devait s'abaisser et se relever à volonté, pour laisser un libre et mystérieux passage à la correspondance du Fantôme avec Mme Giry et à ses générosités. Certes, tout cela, que j'ai vu, senti, palpé, n'est rien à côté de ce qu'en réalité un être énorme et fabuleux comme Erik a dû créer dans le mystère d'un monument comme celui de l'Opéra, mais je donnerais toutes ces découvertes pour celle qu'il m'a été donné de faire, devant l'administrateur lui-même, dans le bureau du directeur, à quelques centimètres du fauteuil : une trappe, de la largeur de la lame du parquet, de la longueur d'un avant-bras, pas plus... une trappe qui se rabat comme le couvercle d'un coffret, une trappe par où je vois sortir une main qui tra-

---

(1) J'en parlais encore quarante-huit heures avant l'apparition de cet ouvrage à M. Dujardin-Beaumetz, notre si sympathique sous-secrétaire d'Etat aux beaux-arts, qui m'a laissé quelque espoir, et je lui disais qu'il était du devoir de l'Etat d'en finir avec la légende du Fantôme pour rétablir sur des bases indiscutables l'histoire si curieuse d'Erik. Pour cela, il est nécessaire, et ce serait le couronnement de mes travaux personnels, de retrouver la Demeure du Lac, dans laquelle se trouvent peut-être encore des trésors pour l'art musical. On ne doute plus qu'Erik fût un artiste incomparable. Qui nous dit que nous ne trouverons point dans la Demeure du Lac la fameuse partition de son *Don Juan triomphant ?*

vaille avec dextérité dans le pan d'un habit à queue-de-morue qui traîne...

C'est par là qu'étaient partis les quarante mille francs !... C'était aussi par là que, grâce à quelque truchement, ils étaient revenus...

Quand j'en parlai avec une émotion bien compréhensible au Persan, je lui dis :

« Erik s'amusait donc simplement — puisque les quarante mille francs sont revenus — à faire le facétieux avec son cahier des charges ? »

Il me répondit :

« Ne le croyez point !... Erik avait besoin d'argent. Se croyant hors de l'humanité, il n'était point gêné par le scrupule et il se servait des dons extraordinaires d'adresse et d'imagination qu'il avait reçus de la nature en compensation de l'atroce laideur dont elle l'avait doté, pour exploiter les humains, et cela quelquefois de la façon la plus artistique du monde, car le tour valait souvent son pesant d'or. S'il a rendu les quarante mille francs, de son propre mouvement, à MM. Richard et Moncharmin, c'est qu'au moment de la restitution *il n'en avait pas besoin !* Il avait renoncé à son mariage avec Christine Daaé. Il avait renoncé à toutes les choses du dessus de la terre. »

D'après le Persan, Erik était originaire d'une ville aux environs de Rouen. C'était le fils d'un entrepreneur de maçonnerie. Il avait fui de bonne heure le domicile paternel, où sa laideur était un objet d'horreur et d'épouvante pour ses parents. Quelque temps, il s'était exhibé dans les foires, où son impresario le montrait comme « mort vivant ». Il avait dû traverser l'Europe de foire en foire et compléter son étrange éducation d'artiste et de magicien à la source même de l'art et de la magie, chez les Bohémiens. Toute une période de l'existence d'Erik était assez obscure. On le retrouve à la foire de Nijni Novgorod, où alors il se produisait dans toute son affreuse gloire. Déjà il chantait comme personne au monde n'a jamais chanté ; il faisait le ventriloque et se livrait à des jongleries extraordinaires dont les caravanes, à leur retour en Asie, parlaient encore, tout le long du chemin. C'est ainsi que sa réputation passa les murs du palais de Mazenderan, où la petite sultane, favorite du sha-en-shah, s'ennuyait. Un marchand de fourrures, qui se ren-

dait à Samarkand et qui revenait de Nijni-Novgorod, raconta les miracles qu'il avait vus sous la tente d'Erik. On fit venir le marchand au Palais, et le daroga de Mazenderan dut l'interroger. Puis, le daroga fut chargé de se mettre à la recherche d'Erik. Il le ramena en Perse, où pendant quelques mois il fit, comme on dit en Europe, la pluie et le beau temps. Il commit ainsi pas mal d'horreurs, car il semblait ne connaître ni le bien ni le mal, et il coopéra à quelques beaux assassinats politiques aussi tranquillement qu'il combattit, avec des inventions diaboliques, l'émir d'Afghanistan, en guerre avec l'Empire. Le sha-en-shah le prit en amitié. C'est à ce moment que se placent les *heures roses de Mazenderan*, dont le récit du daroga nous a donné un aperçu. Comme Erik avait, en architecture, des idées tout à fait personnelles et qu'il concevait un palais comme un prestidigitateur peut imaginer un coffret à combinaisons, le sha-en-shah lui commanda une construction de ce genre, qu'il mena à bien et qui était, paraît-il si ingénieuse que Sa Majesté pouvait se promener partout sans qu'on l'aperçût et disparaître sans qu'il fût possible de découvrir par quel artifice. Quand le sha-en-shah se vit le maître d'un pareil joyau, il ordonna, ainsi que l'avait fait certain Tsar à l'égard du génial architecte d'une église de la place Rouge, à Moscou, qu'on crevât à Erik ses yeux d'or. Mais il réfléchit que, même aveugle, Erik pourrait construire encore, pour un autre souverain, une aussi inouïe demeure, et puis, enfin, que, Erik vivant, quelqu'un avait le secret du merveilleux palais. La mort d'Erik fut décidée, ainsi que celle de tous les ouvriers qui avaient travaillé sous ses ordres. Le daroga de Mazenderan fut chargé de l'exécution de cet ordre abominable. Erik lui avait rendu quelques services et l'avait bien fait rire. Il le sauva en lui procurant les moyens de s'enfuir. Mais il faillit payer de sa tête cette faiblesse généreuse. Heureusement pour le daroga, on trouva, sur la rive de la mer Caspienne, un cadavre à moitié mangé par les oiseaux de mer et qui passa pour celui d'Erik, à cause que des amis du daroga avaient revêtu cette dépouille d'effets ayant appartenu à Erik lui-même. Le daroga en fut quitte pour la perte de sa faveur, de ses biens, et pour l'exil. Le

Trésor persan continua cependant, car le daroga était issu de race royale, de lui faire une petite rente de quelques centaines de francs par mois, et c'est alors qu'il vint se réfugier à Paris.

Quant à Erik, il avait passé en Asie Mineure, puis était allé à Constantinople où il était entré au service du sultan. J'aurai fait comprendre les services qu'il put rendre à un souverain que hantaient toutes les terreurs, quand j'aurai dit que ce fut Erik qui construisit toutes les fameuses trappes et chambres secrètes et coffres-forts mystérieux que l'on trouva à Yildiz-Kiosk, après la dernière révolution turque. C'est encore lui (1) qui eut cette imagination de fabriquer des automates habillés comme le prince et ressemblant à s'y méprendre au prince lui-même, automates qui faisaient croire que le chef des croyants se tenait dans un endroit, éveillé, quand il reposait dans un autre.

Naturellement, il dut quitter le service du sultan pour les mêmes raisons qu'il avait dû s'enfuir de Perse. Il savait trop de choses. Alors, très fatigué de son aventureuse et formidable et monstrueuse vie, il souhaita de devenir quelqu'un *comme tout le monde*. Et il se fit entrepreneur, comme un entrepreneur ordinaire qui construit des maisons à tout le monde, avec des briques ordinaires. Il soumissionna certains travaux de fondation à l'Opéra. Quand il se vit dans les dessous d'un aussi vaste théâtre, son naturel artiste, fantaisiste et *magique*, reprit le dessus. Et puis, n'était-il pas toujours aussi laid ? Il rêva de se créer une demeure inconnue du reste de la terre et qui le

cacherait à jamais au regard des hommes.

On sait et l'on devine la suite. Elle est tout au long de cette incroyable et pourtant véridique aventure. Pauvre malheureux Erik ! Faut-il le plaindre ? Faut-il le maudire ? Il ne demandait qu'à être quelqu'un, comme tout le monde ! Mais il était trop laid ! Et il dut cacher son génie ou *faire des tours avec*, quand, avec un visage ordinaire, il eût été l'un des plus nobles de la race humaine ! Il avait un cœur à contenir l'empire du monde, et il dut finalement se contenter d'une cave. Décidément, il faut plaindre le Fantôme de l'Opéra !

J'ai prié, malgré ses crimes, sur sa dépouille et que Dieu l'ait décidément en pitié ! Pourquoi Dieu a-t-il fait un homme aussi laid que celui-là ?

Je suis sûr, bien sûr, d'avoir prié sur son cadavre, l'autre jour quand on l'a sorti de la terre, à l'endroit même où l'on enterrait les voix vivantes ; c'était son squelette. Ce n'est point à la laideur de la tête que je l'ai reconnu, car lorsqu'ils sont morts depuis si longtemps, tous les hommes sont laids, mais à l'anneau d'or qu'il portait et que Christine Daaé était certainement venue lui glisser au doigt, avant de l'ensevelir, comme elle le lui avait promis.

Le squelette se trouvait tout près de la petite fontaine, à cet endroit où pour la première fois, quand il l'entraîna dans les dessous du théâtre, l'Ange de la Musique avait tenu dans ses bras tremblants Christine Daaé évanouie.

Et, maintenant, que va-t-on faire de ce squelette ? On ne va pas le jeter à la fosse commune ?... Moi, je dis : la place du squelette du Fantôme de l'Opéra est aux archives de l'Académie nationale de musique ; ce n'est pas un squelette ordinaire.

---

(1) Interview de Mahomed-Aali bey, au lendemain de l'entrée des troupes de Salonique, à Constantinople, par l'envoyé spécial du *Matin*.

FIN

Imp. Téqui, 3 *bis*, rue de la Sablière, Paris. — 416-1-1926